Knaus

K

Anne Berest

Traurig bin ich schon lange nicht mehr

Roman

Aus dem Französischen
von Gaby Wurster

Knaus

Die Originalausgabe erschien 2010 unter dem Titel
»La fille de son père« bei Éditions du Seuil, Paris.

MIX
Papier aus verantwortungsvollen Quellen
FSC® C014889
FSC
www.fsc.org

Verlagsgruppe Random House FSC-DEU-0100
Das für dieses Buch verwendete FSC®-zertifizierte Papier
EOS liefert Salzer Papier, St. Pölten, Austria.

1. Auflage

Gesetzt aus der Minion von Uhl + Massopust, Aalen
Druck und Einband: Friedrich Pustet KG, Regensburg
ISBN 978-3-8135-0415-6
Printed in Germany

www.knaus-verlag.de

Für meine Schwestern

Ödipus: »Wie das? Ein Vater,
der dem Niemand gleich ist?«

Sophokles, *König Ödipus,* IV, i

Keine Beerdigungen mehr, hatte ich gesagt, Schluss, da gehe ich nicht mehr hin. Das hatte ich gesagt, ja. Aber so, wie die Umstände waren, fühlte ich mich verpflichtet, moralisch gezwungen, und, um ganz ehrlich zu sein, zweifellos trieb mich auch eine boshafte Neugier an.

Fast jedoch hätte ich im letzten Moment davon abgesehen, vor allem wegen der Hitze, so ein Wetter ist anstrengend, außerdem weiß man nicht, was man anziehen soll. Schließlich konnte ich ja nicht in Shorts zum Begräbnis meines Vaters gehen.

Zum zweiten Mal in meinem Leben bin ich in der misslichen Lage, bei einer Beisetzung zugegen zu sein, zu der mich niemand eingeladen hat.

Das erste Mal war vor zehn Jahren bei der Beerdigung des Vaters meines Kindes.

Das zweite Mal ist heute bei der Beerdigung meines leiblichen Vaters.

Ich glaube – aber die Erinnerung verblasst –, dass ich beim ersten Mal nicht besonders traurig war.

Nicht mehr als heute. Allerhöchstens fühle ich mich unwohl inmitten dieser dunklen Menschentrauben, die langsam voranschreiten. Dieses Mal wollte ich nicht in Schwarz gehen und habe mir ein dunkelbraunes Kleid gekauft. Es gefällt mir nicht, ich werde es danach wegwerfen.

Wenn ich traurig sein sollte, dann nicht wegen ihres Hinscheidens, weder des einen noch des anderen, sondern wegen des Desinteresses, das diese beiden Männer mir immer entgegengebracht haben. Als hätte ich es nicht verstanden, ihre Aufmerksamkeit auf mich zu ziehen. Sie gingen an mir vorbei, ohne mich zu sehen, so wie diese Leute hier, die mich auf dem Friedhofsweg überholen und nicht wissen, wer ich bin. Aber traurig bin ich schon lange nicht mehr.

Es geschah vor zehn Jahren.

Wie es dazu kam, dass sich mein ganzes Leben innerhalb weniger Tage, zwischen dem Ende des Herbstes und dem Beginn des Winters, vollkommen verändert hat, erinnere ich nicht mehr in allen Einzelheiten – als wären die Ereignisse ausgelöscht.

Man müsste die Zeit mithilfe einer magischen Linse oder eines inneren Bildbetrachters zurückdrehen und sich selbst wieder sehen können – vorher. Müsste erinnern, was wir damals dachten, fühlten, jedoch mit dem Vorwissen über das, was kommen sollte, damit wir gewisse Details nicht vergessen und es später bereuen, sie vernachlässigt zu haben um der Belanglosigkeiten willen, die uns beschäftigten und die uns damals von größter Wichtigkeit erschienen – und die wir offensichtlich seither vergessen haben.

Der Geburtstag

Ich fahre gern mit dem Auto, denn die Gedanken fliegen gleichzeitig mit den Landschaften vorüber. Ohne anzuhalten. Auf der Straße nach Épernay streicht das Sonnenlicht noch über die Weinberge; seit wir Reims verlassen haben, bricht der Abend herein; heute ist Irènes Geburtstag. Achtunddreißig wird meine große Schwester. Achtunddreißig Jahre heute, neunzehn ihr ganzes Leben lang, mit einem hellblauen Sweatshirt, auf dem *Rainbow* steht. Jeder Buchstabe in einer anderen Farbe: R rot, A orange, I gelb, N grün, B blau, O dunkelblau, W violett. Ihre Freundin Katia hatte es ihr zum Geburtstag geschenkt. Ich war zwölf und träumte davon, neunzehn zu sein und das gleiche Sweatshirt zu tragen wie Irène.

Wir drei Schwestern sitzen zusammen auf dem Rücksitz wie damals, als wir Kinder waren: Irène und Charlie an den Türen, ich in der Mitte. Sie, die kleine und die große, wollen unbedingt am Fenster sitzen. Ich will nur meine Ruhe, will keinen Stress.

Ich überlege, wie lange es her ist, dass wir alle drei zusammen- und aneinandergedrängt hinten in einem

Auto saßen – die drei Schwestern mit dem auffälligen roten Haar.

Sie so dicht neben mir zu spüren, stört mich, ich bin es schon lange nicht mehr gewöhnt, engen Körperkontakt mit ihnen zu haben. Der Druck ihrer Schenkel auf meine ist mir so unangenehm, dass ich mit kleinen, ruckartigen Bewegungen die Knie spreize, damit sie, ohne es zu merken, mit ihren Beinen von mir abrücken. Dennoch muss ich an unsere nackten Kinderleiber denken – wie Charlie und ich uns in der Sitzbadewanne im Badezimmer von Épernay wuschen. Die Haare voller Schaum. Die Arme glänzend von Seife. Unsere flachen Oberkörper. Ich sehe Charlie vor mir, ihren Körper, der aussah, wie in einem Zug aus einem Fleischblock geschnitten. Ein Äffchen, das jede meiner Bewegungen bewunderte. Und nachahmen wollte.

Als wir klein waren, gehörte Charlie mir ganz allein; sie war ein schönes Spielzeug, dessen Genuss mir meine Eltern überlassen hatten. Sie durfte alles von mir haben, und sie fraß sich voll mit den kleinsten Krumen meines Selbst, die sie von mir abknabberte, wenn wir zusammen waren.

Heute sehe ich sie an, meine kleine Schwester, ihr Spiegelbild im Wagenfenster. Der obere Teil ihres Gesichts ist gesprenkelt von den Reflexen der orangeroten

Sonne in ihrem Haar. Im Profil gesehen springt ihr Kinn ganz schrecklich vor, als wollte es sich vom Rest des Gesichts frei machen. Bei Männern und Frauen scheinen Nase und Ohren das ganze Leben lang weiterzuwachsen, bei Charlie ist es das Kinn. Und dann hat sie auch noch die Haare kurz geschnitten. Zu kurz.

Neben mir im Wagen sehe ich sie an, meine kleine Schwester, und suche nach dem, was von mir in ihr übrig geblieben ist; was von unserer kindlichen Liebe noch da ist. Ich suche. Und finde nichts. Von unserer natürlichen Abhängigkeit ist wohl nichts übrig. Ich frage mich, wann diese enge Verbindung sich aufgelöst und welche von uns beiden die Wende eingeleitet hat. Unser heutiges Verhältnis ist unangenehm – wie bei Liebenden, deren Liebe erloschen ist und die sich gegenseitig dafür entschuldigen: Entschuldige, dass ich dich nicht mehr blind liebe; entschuldige, dass du für mich nicht mehr das Ein und Alles bist, von dem mein Leben abhängt; entschuldige, dass ich kein Interesse mehr an dir habe und mich anderweitig umsehe, nach denjenigen, die mir heute ähnlicher sind als du; entschuldige, dass ich nicht mehr weiß, was für ein Zauber mich gepackt hat, als ich dich sah und wollte, dass du nur mir gehörst. Wo ist all das geblieben? Unsere Liebe wurde von anderen Leuten eingenommen, Männer traten an ihre Stelle.

Doch mit Mathieu bade ich nicht zusammen. Wenn er sich wäscht, habe ich keinen Zutritt zum Bad. Mathieu sagt, dieser Moment sei wie ein »Ritual«, das man respektieren müsse, wolle man sich selbst respektieren. Wenn Mathieu zu mir kommt, bringt er immer ein schwarzes Necessaire voller Badeutensilien mit, Schwämme, Bürsten, Waschlappen. Deren Benutzung bietet er mir nie an, und ich bitte ihn nicht darum. Wenn er aus dem verbotenen Bad kommt, strömen Zitrusdämpfe in mein Schlafzimmer. Mathieu schämt sich nicht für seine Nacktheit, im Gegenteil, er scheint mir mit seiner Ungezwungenheit die Überlegenheit seines nackten Körpers über meinen beweisen zu wollen. Ein perfekt proportionierter Körper. Vollendet. Ohne Ecken und Kanten, ohne die Zeichen der Kindheit. Ein wundervoller Körper. Und während er sich ankleidet, beobachte ich wortlos sein gewandtes Auftreten; jede seiner Bewegungen führt mir beispielhaft all das vor, was ich nicht bin: die Eleganz jeder Gebärde, die Zielsicherheit der Hände.

Vorher, als er in seine Hosenbeine schlüpfte, sagte Mathieu, seine Großzügigkeit würde ihm oft schaden. Im Grunde ist er der Meinung, dass ich ihn nicht verdiene. Und er bildet sich etwas ein auf diesen Gedanken, der ihn in seinen Augen stark macht. Diese Kraft macht ihm Lust, mich wiederzusehen. Ein letztes Mal. Jedes Mal das letzte Mal. Diese Kraft betört mich und macht mich ihm gefügig.

Wenn wir uns treffen, um miteinander zu schlafen – immer bei mir –, faltet Mathieu sorgfältig seine Kleider und hängt sie über den Stuhl, bevor er seinen vollkommenen Körper auf meinem Bett drapiert. Er streckt sich aus, dann muss ich zu ihm gehen. Erst rührt er sich nicht, als liege er im Sterben. Ich muss langsam seine Haut liebkosen. Dann regt er sich und schiebt mich von sich. Grundsätzlich muss ich meine Bluse anbehalten, den Pulli oder das T-Shirt, ich darf nicht gänzlich nackt sein. Ich weiß nicht, ob das nur bei mir, der Rothaarigen, so ist oder auch bei anderen Frauen.

Er ist zum fünfzehnten Mal bei mir. Fünfzehnmal dieselben Bewegungen. Zusammenfalten. Auseinanderfalten. Mein Stuhl war vorher zu nichts nütze. Nun ist er sehr wichtig.

Ich übe mich in Geduld. Es ist eine Frage der Zahl – eines Tages wird er dreißig-, zweiundvierzig-, fünfundsiebzigmal zu mir gekommen sein, und irgendwann werde ich nicht mehr mitzählen. Ich muss nur warten und darf mir nichts anmerken lassen, keine Freude, keine Enttäuschung. Warten.

Ich lasse mich treiben, während das Auto mich den

tausendmal gefahrenen Weg entlangfährt, bei dem man jedes Geräusch kennt – das Einbiegen in den Kiesweg, das Ziehen der Handbremse, den ausgehenden Motor, das Schlagen der Türen. In der Hand drücke ich den Schlüssel, den Mathieu mir gegeben hat. Ich hätte mir gewünscht, dass er mich heute Abend zum Geburtstagsfest begleitet, aber er sagte ohne Umschweife: »Ich kann nicht mitkommen, denn ich, ich habe meiner Familie nichts von dir erzählt.«

Mathieu ist ein Mann, der Wert auf geordnete Verhältnisse und ebenbürtige Situationen legt.

Aber er hat mir seinen Schlüssel gegeben, damit ich nach dem Essen zu ihm komme.

Charlie hingegen hat jemanden mitgebracht. Zum ersten Mal kommt sie in Begleitung nach Épernay. Der junge Mann sitzt vorn neben Irènes Mann, der zu schnell fährt. Er sieht gut aus, aber sein Oberkörper ist sehr schmal, seine Arme sind dünn. Unsere Augen treffen sich im Rückspiegel. Er sieht mich an und wendet den Blick ab. Dann sieht er mich wieder an. Als könnte er sich nicht beherrschen, mich anzustarren.

Ob er mit Charlie am Flughafen arbeitet? Er wirkt jung für einen Fluglotsen. Charlie hat mir nie etwas von ihm erzählt. Früher hat sie mit mir über alles gesprochen, heute sagt sie mir nichts mehr.

Ich sehe schon das Ende der Straße, die Zeit ist schnell vergangen, das Hoftor steht offen, wir fahren die Auffahrt hinauf, der Kies knackt und knirscht unter den Reifen. Hinter den Bäumen taucht Épernay auf, das Haus unserer Kindheit. Das breite schwarze Ziegeldach, das nach dem Orkan stellenweise erneuert werden musste. Die Fenster, die in die dicken Mauern aus Kalktuff eingelassen sind. Und die beiden Zypressen, die es von hinten überragen wie zwei Rinderhörner in der Nacht. Die Bäume tragen noch Laub, Catherine, die Frau unseres Vaters, pflegt den Garten; als wir klein waren, war er verwildert. Sie hat verschiedene Blumen gepflanzt, Sämereien ausgebracht, dazu fragt sie Irène um Rat. Catherine kümmert sich geduldig um diesen kinderlosen Garten – drei Mädchen für einen alleinstehenden Vater, das war ein bisschen viel.

Wir steigen aus und bleiben reglos stehen, denn wir haben Schreie im Haus gehört. Witzig, wie wir mit vorgebeugtem Kopf dastehen, um besser hören zu können. Ja, alle fünf haben wir dasselbe wahrgenommen. Einen Streit. Aber war das wirklich Catherines Stimme? Schreie, leise wie ein Jammern. Charlie fängt an zu lachen, nun hören wir nichts mehr. Irène befiehlt ihr, den Mund zu halten, aber mittlerweile ist wieder Stille im Haus eingekehrt. Nichts mehr. Haben

Papa und Catherine wiederum uns kommen hören? Bestimmt.

Wir gehen zur Haustür und halten auf der Schwelle den Atem an, Irène, ihr Mann Jean-François, Charlie, der schöne Junge und ich – in der Bewegung erstarrt, die Arme voller Taschen.

Unser Vater öffnet die Tür, küsst seine älteste Tochter und wünscht ihr zum Geburtstag alles Gute. Er küsst Charlie, dann mich, den Männern gibt er die Hand. Normalerweise empfängt uns Catherine an der Tür, während Papa noch in seiner Werkstatt ist und Dinge repariert, von denen kein Mensch je wissen wird, wozu sie gut sind. Doch ungewöhnlicherweise drängen wir uns heute hintereinander auf der Außentreppe, keiner wagt sich ins Haus hinein, und Papa regt sich auf: »Warum so schüchtern? Aber wenn ihr lieber draußen bleiben wollt – von mir aus!«

Er fügt hinzu: »Cat macht sich fertig. Sie kommt in fünf Minuten.« Dann fragt er Irène, ob sie daran gedacht hätte, Blumen mitzubringen.

Irène sagt, Scheiße, das sei ihr Geburtstag, und an ihrem Geburtstag müsse sie doch nicht an Blumen für Catherine denken. Für gewöhnlich sei das ja wohl umgekehrt. Ausnahmsweise könnte man auch mal ihr, der Floristin, Blumen schenken. Papa nimmt unsere Mäntel und meint, man würde zu seinem Vater nicht »Scheiße« sagen, er hütet sich aber wohlweislich, das Thema Blumen weiterzuverfolgen.

Irène und ihr Mann verschwinden in die Küche, auch Charlie verschwindet irgendwohin. Ihr Begleiter steht da, allein, im Wohnzimmer neben der Veranda, vor dem Esstisch, der hergerichtet ist wie ein Hund für eine Zuchtschau. Zum feierlichen Anlass hat Catherine ihr Jugend-Service eingedeckt: Zierdeckchen, Spitzenservietten, silberne Butterdose, Messerbänkchen aus Perlmutt und natürlich die Champagnerflöten, die sie selbst anfertigt. Die Ränder sind handbemalt, verziert mit abstrakten, schillernden Sternen.

Der junge Mann blickt sich um, er hat einen Ausdruck im Gesicht, etwas, das mich beeindruckt, mir aber gleichzeitig auch auf die Nerven geht. Etwas, das mich davon abhält, ihn anzusprechen, um ihm seine Anspannung zu nehmen, aber da kommt Papa und fordert mich auf, »meinem Gast« das Haus zu zeigen. Ich habe ihm gesagt, dass ich vielleicht jemanden mitbrächte, und so verwechselt er ihn, er denkt, der Mann in Charlies Begleitung sei Mathieu. Er denkt, das sei mein Freund.

Während wir die Treppe hinaufgehen, erkläre ich ihm, dass dieses Haus seit einigen Jahren nicht mehr wirklich unser Haus sei. Nachdem Charlie ausgezogen war, zog Catherine ein und gestaltete das Haus gemäß ihren »Bedürfnissen« um. Mein Zimmer, das größte, ist nun ein kleines Wohnzimmer, in dem Catherine ihre persönlichen Sachen untergebracht hat, darunter das Filmplakat von *Bagdad Café*, das sie selbst mit Wasserfarben gemalt hat.

Charlies Zimmer dagegen hat sich am wenigsten verändert, es wurde nur in »Gästezimmer« umbenannt, auch wenn dort nie jemand übernachtet, außer von Zeit zu Zeit Charlie selbst.

Am Ende des Flurs ist eine geschlossene Tür, die nie jemand öffnet. Hinter dieser Tür, die mir seit meinem sechsten Lebensjahr Angst macht, befindet sich das ehemalige Arbeitszimmer unserer Mutter.

Nach ihrem Tod hat nie wieder jemand diese Tür aufgemacht.

Dennoch weiß ich auswendig, wo jeder einzelne Gegenstand steht, und manchmal stelle ich mir alles beim Einschlafen vor.

Ein kleiner Waschtisch mit einer Platte aus Badezimmerfliesen, die mein Vater gefertigt hat, darauf bereitete meine Mutter Biologieversuche für ihre Schüler vor; ein Regal mit ihren Kinder- und Jugendbüchern – Reihen der *Bibliothèque rose* und *Bibliothèque verte*, in die sie ihr Exlibris geklebt und die sie ganz sicher in der Überzeugung aufbewahrt hat, wir würden sie eines Tages lesen, doch wir haben uns nie getraut, sie aufzuschlagen; Darstellungen der Evolution der Arten, die sie im Klassenzimmer aufhängte; Schuhschachteln, Hutschachteln, deren Inhalt ich nie auszupacken wagte, den Irène mir aber irgendwann einmal ganz genau aufgelistet hat; ihre Toilettenartikel, darunter ein orangerotes Flauschhandtuch – ich erinnere mich, dass dieses Handtuch auf einem Foto von Charlie zu sehen ist, die in einer Plastikwanne im Garten badet. Es gibt auch noch Spielzeug von uns: ein kleiner Gliederhund aus Holz, der die Zunge heraushängen lässt, wenn man ihn an der Leine zieht; die Giraffe Sophie, ohne die ich mich angeblich nicht waschen wollte; ein paar Barbiepuppen mit abgeschnittenen Haaren – Charlie und ich wollten einmal Friseur spielen; unter dem Vorwand, wir müssten lernen, dass die Haare von Puppen nicht nachwachsen, weigerte sich Papa, uns neue zu kaufen.

Dass unser Kinderspielzeug im Arbeitszimmer unserer Mutter gelagert wurde, hinterließ bei mir Spuren. Als hätte man die Zeugen unserer Kindheit in ein heiliges Grab gelegt, um uns das Ende einer Zeitspanne zu signalisieren. All diese aufgehäuften Dinge rochen nach porösem Gips. In meiner Vorstellung hatte sich die Asche unserer Mutter mit dem Staub vermischt und winzige feste Partikel gebildet, und so schwebte sie für mich wie durch Zauberhand in der Luft dieses Abstellraums.

Unsere Mutter war wirklich hier, driftete in Form kleinster Teilchen, nicht wahrnehmbarer Überreste ihres Körpers umher, unbestimmt und leicht – ein lebendiger Zersetzungsprozess.

Wir gingen wieder zu den anderen ins Wohnzimmer hinunter. »Cat« hat sich schließlich zu uns gesellt, ein vorbildlicher Generalfeldmarschall mit aschblondem Helm, der die Zähne zusammenbeißt und dabei weiterlächelt.

Wenn Catherine jemanden zum ersten Mal trifft, überkommt sie eine fast obszöne Rührung. Sie wird rot, die Flecken auf ihren Wangen bilden eine Acht, und während sie leicht mit dem Kopf wackelt, fährt sie sich mit der Hand an den Hals, bevor sie etwas sagt.

»Sie sind also Mathieu?«, fragt sie den jungen Mann.

Ich weiß, welche Mühe es Catherine gekostet hat, ihre Scheu zu überwinden und diese Frage zu stellen, und dass die Antwort sie unverzüglich in Verlegenheit stürzen wird. Doch der Junge hat sich inzwischen eingewöhnt und antwortet liebenswürdig, nein, er sei Salomon und er sei mit Charlie gekommen. Er sieht mich an, mit demselben Blick wie im Auto, seine Haut ist so hell, dass man eine Ader sieht, die sein Gesicht von der Stirn bis zur Nase durchzieht.

Zur Entschuldigung stammelt Catherine etwas wegen des Essens, aber niemand begreift, worauf sie hinauswill.

Niemand außer Salomon. Er ist das sicherlich gewöhnt.

Trotz des mosaischen Klangs seines Vornamens sei er kein Jude, erklärt er Catherine. Er esse sehr gern Schweinebraten, und er fügt hinzu: Seine Eltern, beide Rechtsanwälte, gaben ihm den Namen des berühmten Richters Salomon. Mit Religion habe all das nichts zu tun.

Catherine ist sehr verlegen, also bittet Papa zu Tisch.

Catherine hat auf jeden Teller eine Postkarte gelegt, die sie passend zur jeweiligen Person ausgewählt hat. Darauf hat sie aus dem *Großen Buch der Zitate,* das in ihrem Regal prangt, persönlich mit ihrer Kalligrafiefeder ein Zitat abgeschrieben. Auf der Karte, die für mich bestimmt ist, ist ein Balkon mit üppig blühenden Hortensien in Blumentöpfen vor grau gestrichenen Fensterläden abgebildet. Ich drehe die Karte um und lese das Zitat: »Jedes Alter trägt seine Früchte, man muss sie nur einzusammeln wissen.« Raymond Ragiduet.

Sehr wahrscheinlich bin ich nicht die Einzige, die

irritiert ist, aber niemand am Tisch kommentiert die Lektüre der Karten von Catherine, die mit einer Platte Avocado mit Krevetten in Cocktailsoße hereinkommt – ihre Spezialität. Das essen wir immer in Épernay, denn es ist Papas Lieblingsvorspeise. Mir wird übel, wenn ich nur daran denke.

Um die Konversation in Gang zu bringen, während alle ihre Avocado essen, wendet Papa sich an Salomon und fragt, womit er seinen Lebensunterhalt verdiene. Charlie senkt den Blick.

Salomon ist Gehilfe in einem klassischen Fotolabor. Ein Fotolabor in Paris, dessen Namen ich nicht hören kann, weil der junge Mann zu weit links von mir sitzt, auf der Seite meines schlechten Ohrs. Ich verstehe nur, dass das Labor für renommierte Agenturen arbeitet.

Papa ist zufrieden. Er hört sich gern technische Ausführungen an, etwa die Funktionsweise eines Wankelmotors oder der Einfluss des Mondes auf die Gezeiten; er versteht zwar nichts davon, aber er hört mit sachverständiger Miene zu, und sollte sich zu seinem Leidwesen jemand in die Unterhaltung einmischen, versetzt er empört: »Also jetzt lasst doch mal die Fachleute reden!« Ich denke an Mathieu und frage mich, ob er unserem Vater gefallen hätte.

»Fotopapier«, erklärt Salomon, »enthält unsichtbare Körnchen. Silberbromid. Werden diese Körnchen belichtet, entsteht ein latentes Bild, ein Bild, das zwar existiert, das man aber noch nicht sehen kann. Damit dieses latente Bild sichtbar wird, damit die Körnchen also schwarz werden, müssen sie in verschiedene Chemikalienbäder getaucht werden, die das aufgenommene Bild enthüllen.«

Papa ist zwar an Salomons Darstellung interessiert, sorgt aber trotzdem weiterhin für den reibungslosen Ablauf des Essens. Er macht Catherine diskret ein Zeichen, damit sie den nächsten Gang aufträgt. Catherine meckert, grummelt, dass die Erklärungen auch sie interessierten, aber sie kommt der Aufforderung nach.

»Das erste Bad«, fährt Salomon fort, »heißt Entwicklerbad, und wie der Name schon sagt, schwärzen und vergrößern sich darin die Silberkörnchen, die bei der Aufnahme belichtet wurden. Das zweite Bad ist das Stoppbad, es unterbricht den Entwicklungsprozess.«

Catherine kommt mit dem Schweinebraten im Schmortopf aus der Küche, sie hält ihn mit Küchenhandschuhen aus geflochtenen Kordeln. Das sieht lustig aus – diese Handschuhe zu ihrem beigefarbenen Kostüm und den Perlenarmbändern.

Sie bittet alle, auf dem Tisch Platz zu machen, »das ist heiß«, und niemand wird je erfahren, wie das dritte Bad heißt. Aber es fragt auch keiner mehr danach.

Ich weiß nicht genau, wie wir von der Fotografie auf die Chinesen kamen, aber plötzlich sagt Papa: »Zum Glück ist China eine Diktatur mit achthundert Millionen Bauern, die weder lesen noch schreiben können!«

Ich habe Charlies Blick in diesem Moment sehr wohl gesehen.

Die Weltsicht unseres Vaters ist ziemlich originell und sehr eigen. Ohne Studienabschluss schuf er sich mithilfe von zufälligen Begegnungen und Büchern, die ihm in die Hände fielen, eine Geisteswelt frei von jeglicher akademischer Verknöcherung. Sein Kopf ist ein Feld, auf dem eine wirre Flora sprießt, voller Gärten, üppig die einen, öde die anderen, in denen nie etwas Wurzeln schlagen wird.

Charlies Gast beobachtet uns und das Verhalten meines Vaters beim Essen mit einem Blick, den ich nicht mag. Er hat so eine Art, von unten heraufzuschauen, mit so einem Gesicht, das sich einem ständig zuwendet, sobald man ihm den Rücken kehrt. Ich kenne diesen Blick, dieses unweigerliche bohrende Starren. Ich frage mich, ob Charlie es bemerkt hat, aber bei ihr kann man nie wissen, was sie sieht und was nicht.

Catherine erzählt – ich bin mir aber nicht sicher, ob ich sie richtig verstanden habe –, dass sie und unser Vater über Ostern verreisen wollen. Sie haben sich für Rom entschieden, denn Catherine war noch nie in Italien, davon träumt sie schon lange, vor allem will sie die Malereien Michelangelos sehen, dessen Namen sie lächelnd in einem Atemzug ausspricht.

Rom. Papa hatte unserer Mutter eine Reise dorthin versprochen, sobald sie wieder gesund wäre, aber dieses Wort sprach man nie aus, als wäre sie nie wirklich krank gewesen.

Ich erinnere mich, dass unsere Eltern verschiedentlich über diese Reise sprachen, einmal war es in der Küche, in Mamans letzten Tagen, bevor sie in die Klinik kam. Sie behielt den ganzen Tag ihr Nachthemd an, das hat mich schockiert – mitten am Tag im Nachthemd. Unsere Eltern sagten uns, sie wollten bald Ferien in Italien machen, und Papa zeigte uns einen Reiseführer, den er gekauft hatte. Auf dem Umschlag war der Vatikan abgebildet; dieses Wort klang merkwürdig in meinen Ohren, und ich fragte mich, ob es sich dabei um ein Ferienlager handelte: »Vati-Camp«.

Wenn ich seitdem vom Vatikan reden höre, vom Kolosseum, dem Petersdom oder dem Kapitol, bilden diese Worte in meinem Kopf eine Fantasiestadt, die jenseits des Lebens liegt und wo unsere Mutter im Schatten des Trevi-Brunnens genüsslich ein Eis isst und wartet, dass wir zu ihr stoßen.

Er konnte diese Italienreise nicht vergessen haben, unser Vater. Keiner hat sie vergessen können, und am Tisch höre ich nur noch meinen Atem, der vom Geräusch der Gabeln auf den Tellern übertönt wird. Wir, die drei Mädchen, werden zu dieser Reise nichts sagen, wir werden darüber nicht einmal miteinander sprechen, sondern lange zusammen schweigen.

An der Wand gegenüber, über Charlies Kopf, bemerke ich ein kleines graues Bild, das mir zuvor nie aufgefallen ist. Irgendwelche fließenden Formen stellen unbeholfen Bäume dar oder vielleicht auch Büsche, ihre weißen und rosafarbenen Konturen scheinen in einer Flüssigkeit zu schwimmen. Man kann die Signatur in der linken Ecke kaum erkennen, ein kleiner, geübter Namenszug, der aber nicht zu entziffern ist. Er schließt mit einem schwarzen Strich ab, senkrecht wie der Schlitz einer Spardose oder der Schwengel eines Glöckchens, aber ich sehe darin nur einen Riss im Bild.

Nein, unser Vater hat die versprochene Romreise nicht vergessen, und da die Atmosphäre immer drückender wird, schlägt er vor, zum Nachtisch überzugehen, damit seine älteste Tochter ihre Geschenke auspacken kann. Irènes Mann steht auf, um abzutragen und Catherine in die Küche zu begleiten. Nachdem Charlies Gast uns mit seinen Ausführungen zur Bildentwicklung gelangweit hat, sieht er sich nun die Bücher im Wohnzimmerregal an. Er könnte den anderen beim Abtragen helfen, aber stattdessen liest er ganz ungezwungen die Titel der Bücher meines Vaters.

In der Küche packt Charlie die Geburtstagstorte aus. Die mandelgrüne Schachtel ist mit goldenem Geschenkband umwickelt. Ich erinnere mich daran, wie Irène mir beigebracht hat, Geschenkband mit einem Messer zu kringeln. Catherine scheint es nicht zu schätzen, dass Charlie so frei war, die Torte zu holen. An die Kühlschranktür gelehnt beobachtet sie ganz genau jeden ihrer Handgriffe. Automatisch machen wir dasselbe, wir schauen Charlie zu, und die Torte taucht aus ihrer Verpackung auf, eine prächtige rotweiße Torte, überzogen mit blassrosa Mandelcreme, eine riesige Erdbeercharlotte. »Irène ist allergisch gegen Erdbeeren«, sage ich zu Catherine.

Sie erinnere sich gut, stammelt sie, dass da etwas mit Erdbeeren gewesen sei, aber sie habe gedacht, dass Irène sie im Gegenteil sehr mag, sie habe sogar Albert danach gefragt, aber der hätte gar nicht zugehört und nur gesagt: »Ja, prima, eine Erdbeercharlotte.« Alle drehen sich zu Papa um, der zu seinem Unglück genau in diesem Moment in die Küche kommt, gefolgt von Irène, deren Blick gleich auf die unselige Torte fällt.

Catherine fährt in ihren Erklärungen fort: Letzte Woche las sie in einer Zeitschrift einen Artikel über den Konditor, der den Élysée-Palast beliefert und dessen Spezialität Erdbeercharlotte ist. Sie ließ extra Madame Josès' Sohn, der jeden Tag nach Paris fährt, über seine Mutter bitten, in der Konditorei eine Charlotte für acht Personen zu besorgen. Sie kann die Zeitschrift gern holen und uns den Artikel zeigen.

»Wozu?«, fragt Irène. »Was ändert das?«

Irène zieht die Küchenschubladen auf, sie sucht Aspirin. Catherine bietet sogar an, ihr welches aus dem Arzneischränkchen im Badezimmer zu holen. Aber Irène sagt Nein, sie wolle selbst gehen, und bittet mich, mit ins obere Stockwerk zu kommen. Auf der Treppe sagt sie zu mir, sie fühle sich nicht gut, ihr stoße es heiß auf, sie habe einen schweren Kopf. Im Bad dreht sie den Hahn auf und hält den Kopf unters Wasser. Automatisch mache ich dasselbe. Dieselbe Bewegung. Ich sehe unsere Gesichter im Spiegel über dem Waschbecken; alles löst sich dort auf. Irène sieht uns schlucken und fragt mich, wie alt sie heute wird. Siebenunddreißig? Achtunddreißig? Sie hat es vergessen.

Wir gehen wieder ins Wohnzimmer hinunter, alle Lichter sind wegen der Torte ausgeschaltet. Irène bläst ihre Kerzen aus, nachdem wir ihr falsch singend dreimal viel Glück gewünscht haben. Von den dünnen rosa und blauen Kerzen in den zarten Ständern steigt weißer Rauch auf, der nach Wachs riecht. Irène benetzt Daumen und Zeigefinger mit Speichel, um den Rauch zu stoppen. Eine nach der anderen. Das zischt zwischen den Fingern. Die achtunddreißig Kerzen.

Genau in diesem Augenblick begreife ich.

Achtunddreißig. Von heute an wird Irène jeden Tag ein bisschen älter, als unsere Mutter geworden ist.

Als Erstes packt Irène das Geschenk aus, das ich für sie besorgt habe. Ihre Handbewegungen sind fahrig. Ich bin stolz auf mein Geschenk, eine Brosche aus Weißgold und Aquamarin; eine kleine Rose, die man sich an die Brust stecken kann, drei Reihen Blütenblätter und in der Mitte eine Knospe.

Die Verkäuferin hat sie mir angesteckt. Ihre Hände auf meiner Bluse – ich mochte sie nicht so dicht neben mir spüren. Mich stört der Atem der Leute, der sich mit der Luft vermischt, die ich atme, oder einfach nur ihr Atem. Zum Glück war sie hellhäutig und hatte gepflegte Hände: geschnittene Nagelhaut, das Möndchen weiß und vom Transparentlack ausgespart – eine makellose French Manicure. Irène freut sich, sie legt mir den Arm um die Schulter, drückt mich an sich und küsst mich auf die Wange. Charlie sieht uns an, beobachtet den Kuss der Schwestern, und ich sage mir: Nie sind wir zu dritt, wir Schwestern, immer zwei gegen eine.

Irène packt das zweite Geschenk aus.

Als sie es aus dem Papier nimmt, verstehe ich nicht gleich, was es sein soll. Nicht genau.

Es ist eine Art Bauernhäuschen. Innen hohl, das Strohdach kann man abnehmen.

Wir sitzen unschlüssig am Tisch und begreifen nicht, wozu dieser Gegenstand mit den plumpen Rundungen dienen soll.

Catherine sagt: »Es ist schwer, ein Geschenk für dich zu finden, du hast ja alles. Ich habe mich erinnert, dass mir letztes Weihnachten aufgefallen ist, dass du keine Butterdose hast.«

Dabei feiert Catherine nie mit uns Weihnachten.

Irène hebt das strohgedeckte Miniaturhäuschen hoch, es steht auf einer rechteckigen grünen Platte, die eine Wiese darstellen soll. In der Dose liegt ein kleines Messer, dessen Griff geformt ist wie ein Labrador.

Eine Münze liegt auf der Butterdosenwiese. Irène nimmt sie und legt sie neben ihren Teller.

»Das ist wegen des Messers«, sagt Catherine. »Nun musst du mir die fünfzig Centimes geben, damit unsere Freundschaft nicht zerschnitten wird.«

Ich erinnere mich, dass Irènes Mann ihr vergangenes Jahr ein Kofferset gekauft hat. »Willst du etwa, dass ich gehe?«, fragte sie. Im Jahr vor den Koffern hatte er ihr einen unzerbrechlichen Tischabfallbehälter geschenkt. Das Verkaufsargument stand ausdrücklich auf der Verpackung: unzerbrechlicher Tischabfalleimer.

Als Irène das Geschenk sah, stand sie ganz einfach vom Tisch auf und sagte, sie käme gleich wieder. Wir spürten natürlich, dass sie etwas im Schilde führte, außer Jean-François, der ungestört weiteraß und sich über seinen Fund freute. Das muss man sehen, diese Genugtuung, die sich in solchen Momenten auf dem Gesicht meines Schwagers abzeichnet – so viel Ruhe und Zufriedenheit sind einfach unvorstellbar.

Irène kam mit einem Hammer aus dem Keller, um die Widerstandsfähigkeit des Objekts zu testen, das sein Versprechen nicht lange gehalten hat.

Ich war verdutzt von dem plötzlichen Gelächter der beiden vor den Überresten des gesplitterten Hartplastiks; von Jean-François' strahlendem Gesicht angesichts der kriegerischen Offensive seiner Frau. Ganz sicher liebt er sie so am meisten, und es ist auch die beste Art und Weise, meine große Schwester zu lieben. Die dankbarste Art und Weise.

Indessen sagt Catherine zum x-ten Mal, Irène soll ihr die Münze geben. Aber Irène ist damit beschäftigt, Geschenke auszupacken, und hört nichts oder tut so, als hörte sie nicht. Plötzlich fährt ihre Hand neben ihren Teller, sie nimmt die Münze, die auf dem Butterdosenteller lag, und wirft sie ans andere Ende des Tischs; alle Augenpaare folgen ihrer Bahn über die Teller hinweg. Die fünfzig Centimes fliegen durch die Luft und landen am Fuß von Catherines Glas, das auf den Tisch kippt, wundersamerweise ohne zu zerbrechen.

Papa fragt seine Tochter, ob sie verrückt geworden sei.

Irène sagt nur: »Das Ganze ist total idiotisch. Das muss *mein* Geld sein, nicht *sie* darf mir eine Münze geben!«

Irène sagt das mit einer Heftigkeit, auf die Catherine und auch sonst niemand am Tisch gefasst war. Catherine erhebt sich, als wollte sie etwas sagen; die Hände auf die Tischkante gestützt, reißt sie den Mund auf, aber die Worte wollen nicht kommen, und so flüchtet sie sich in die Küche, gefolgt von unserem

Vater, der seine Serviette mit einer Bewegung auf den Tisch legt, die sein Missfallen ausdrückt.

Daraufhin hören wir einen dumpfen Schlag, etwas ist auf den gefliesten Küchenboden gefallen, vielleicht eine Mehltüte. Ich denke an die Schreie von vorher, als wir kamen. Irène seufzt empört, dann kommt Catherine wie eine Wahnsinnige aus der Küche, mit halb aufgelöstem Haar.

Sie blickt uns böse an, uns drei Mädchen. Man weiß nicht, ob sie aus dem Zimmer gehen oder etwas sagen will. Etwas, das nicht kommt. Ihre Arme rudern in die eine Richtung, ihr Kopf dreht sich in die andere. Seltsam, sie in diesem Zustand zu sehen, hin- und hergerissen zwischen dem Wunsch zu gehen und dem Wunsch zu bleiben, als würde sie auf der Stelle tanzen.

Schließlich kommen Laute aus ihrem Mund.

Sie sagt, sie habe uns alle satt. Unseren Egoismus. Wir seien schlecht erzogen. Hyänen. Sie habe auch unseren Vater satt, er sei ein Schuft.

Sie könne es nicht mehr hören, dass nur von uns die Rede ist, immer nur von uns. Uns, uns. Den Mädchen. Und dann Martine. Immer Martine. Aber die sei beileibe keine Heilige gewesen, denn wenn man sich von einem anderen ein Kind machen lässt und keinem etwas davon sagt, legt man ganz bestimmt nicht das Benehmen einer Jungfrau Maria an den Tag.

Und da nimmt sie Mantel und Autoschlüssel, schlägt die Tür zu und ist weg.

Ich habe gehört, was Catherine da gerade sagte, aber im Moment ist es so, als würde ich es nicht verstehen. Nicht jetzt. Ich weiß, dass ich später darüber nachdenken werde. Aber im Augenblick ist es für mich nur ein Schwall unverständlicher Worte.

Draußen hört man den Motor des Wagens, der nicht anspringen will. Catherine muss mehrmals starten, doch nach einer Weile ist es geschafft, das Motorengeräusch entfernt sich, Catherine verschwindet in der Nacht. Die Stille im Haus ist so tief, dass man die hintere Küchentür, die in den Garten hinter dem Haus führt, knarren hört, die Schritte unseres Vaters in der Küche, das Scheppern der Teller, das Kratzen der Gabel, mit der die Essensreste in den Mülleimer geschoben werden, und die Klappe der Geschirrspülmaschine.

Niemand spricht. Aber es ist, als schwebten die Worte im Raum: »Martine. Aber die ist beileibe keine Heilige gewesen, denn wenn man sich von einem anderen ein Kind machen lässt und keinem etwas davon sagt, legt man ganz bestimmt nicht das Benehmen einer Jungfrau Maria an den Tag.«

Papa öffnet die Tür zum Esszimmer, wo wir sprachlos dasitzen. Er fragt, wo Catherine sei. Er sagt nicht »Cat«, sondern »Catherine«. Wir wissen, dass er nichts gehört hat, weil er die Abfälle auf den Kompost hinten im Garten gebracht hat, wie immer nach dem Essen. Er habe sogar die Nachbarskatze gesehen, sagt er, die, deren Schwanz von Ratten angenagt wurde.

Irène sagt, Catherine habe außer sich vor Wut das Haus verlassen. »Ich habe mich in der Küche aufgeregt«, sagt Papa und hebt den Blick zur Decke, »weil Catherine die Zuckertüte fallen ließ und ich es nicht mag, wenn man Sachen vergeudet.«

Wir sollten uns davon nicht beeindrucken lassen, er wolle sich gleich entschuldigen, sobald sie zurückkomme. Sie mache wohl nur eine kleine Tour, er wolle sie anrufen, sobald wir weggefahren seien. Bis dahin, schlägt er vor, sollten wir einen Lindenblütentee trinken, damit alle wieder zur Ruhe finden, denn »Lindenblütentee wirkt beruhigend, wie Cat sagt«.

Als er mit dem elektrischen Kocher voller heißem Wasser zurückkommt, sitzen wir alle am Couchtisch im Wohnzimmer, aber wegen Catherines Trockenblumenstrauß sehen wir einander nur zur Hälfte.

Papa spürt wohl, dass etwas in der Luft liegt, etwas Unnormales; er meint, wir wären bestimmt alle müde und müssten Catherines Rückkehr nicht abwarten: Wir trinken unseren Kräutertee, und dann macht ihr euch auf den Weg. Mit anderen Worten: Er schmeißt uns raus. Er steht auf, um den Zucker zu holen, den er in der Küche vergessen hat, und niemand sagt mehr etwas, bis er wiederkommt. Man hört nur den Hauch aus den Mündern, die auf den zu heißen Tee blasen.

Mit sorgenvoller Miene kommt Papa zurück und erklärt uns kurz und bündig, dass Catherine gerade eine schwere Phase durchmache. Dass sie müde sei. Oft traurig. Und dass sie manchmal irgendeinen Unsinn daherrede. Um sich interessant zu machen. »Denn es stimmt ja«, fügt er hinzu, »dass ich mich nicht genügend um sie kümmere. Es ist nicht immer leicht, mit einem wie mir zusammenzuleben. Aber Schluss jetzt! Alle Mann ins Bett!« Und als wir im Flur unsere Sachen holen wollen, ruft Papa uns, die drei Mädchen, in sein Arbeitszimmer.

»Ich habe etwas für Irène«, sagt er.

Er steht neben seinem Regal, nimmt einen kleinen runden Gegenstand und streichelt ihn mit seinen langen gelben Fingern wie einen polierten Kieselstein. Ich erkenne sie sofort, die Puderdose aus braunem Schildpatt, die Maman immer in der Handtasche hatte.

Papa sagt zu Irène: »Die wollte ich dir im Beisein deiner Schwestern geben.«

Irène streckt die Hand aus, nimmt die Puderdose

und macht dieselbe Bewegung, die auch unsere Mutter gemacht hat, um die Puderdose zu öffnen: Sie hebt den Deckel mit dem Zeigefinger an. Das metallische Geräusch des Verschlusses. Die rosa Quaste ist ein wenig verhärtet, aber der Geruch des Puders, der herausströmt, ist noch immer ganz frisch. Irène sagt: »Danke«, und betrachtet sich im Innenspiegel der Puderdose. Dann klappt sie sie schnell wieder zu, als gehörten die Augen, die sie angesehen haben, einer Fremden. Als hätte sie etwas Verbotenes getan. Und ich sage mir: Dieser Blick wird uns Unglück bringen.

Auf der Rückfahrt rast der Wagen durch die Nacht, und um nicht sehen zu müssen, dass Jean-François zu schnell fährt, schließe ich die Augen. Hinter den Autofenstern bescheint der Mond die schwarzen Weinberge, die Reben sehen aus wie metallene Stümpfe. Ich denke an Catherines Worte. Wir drei Schwestern. Wir sind Hyänen. Das hat sie gesagt. Wir sind nur zu dritt, aber es ist, als stünde eine ganze Rotte gegen sie. Hyänen, die lauthals lachen. Mit weit offenen Mäulern. Ich sehe uns wieder als kleine Kinder: Schreiend rennen wir umher, die Körper mit Hologrammen bedeckt. Alles ist bedeutsam und schillernd an der Spitze unserer magischen Trinkhalme. Wir brennen den weißen Flaum an unseren Beinen ab. Wir lachen. Aber lachen wir wie Hyänen? Zum ersten Mal schäme ich mich für uns, wenn ich sehe, wie Catherine verrückt wird, weil sie schon all die Jahre gegen das Phantom unserer Mutter ankämpfen muss.

Irènes Stimme im Wagen wiegt mich, sie spricht von Catherines Butterdose, die sie vergessen hat. Sie sagt: »Das gibt wieder ein neues Drama.« Dann höre ich nicht mehr zu, verliere mich in den fernen Geräuschen der Erwachsenen, in der Nacht, die wir drei im Arbeitszimmer von Onkel Franck, Papas Bruder, verbrachten, am Tag, als unsere Mutter starb. Man legte für uns Matratzen mit Bezügen aus Schottenkaro auf den Boden. Ich wusste, dass Maman tot war, aber ich dachte nicht an sie. Was mich voll und ganz beschäftigte, war das Versprechen, das Papa uns wenige Tage zuvor gegeben hatte, uns nämlich eine Katze zu schenken. Die ganze Nacht dachte ich nur an die Katze: wie wir sie mit dem Fläschchen füttern würden, wie wir mit ihr spielen würden. Kein Gedanke an meine Mutter.

Papa hielt sein Versprechen, doch nach ein paar Wochen sagte er, er wolle die Katze »spazieren führen«. Wir dachten uns nichts dabei; man führt Hunde aus, warum also nicht auch Katzen? Doch zurück kam er ohne Katze. Wir Mädchen malten Plakate und hängten sie im ganzen Viertel auf. Ich glaube, wir haben für denjenigen, der uns die Katze zurückbringen würde, unser gesamtes Taschengeld als Belohnung ausgesetzt. Mir kam die Idee, auch ein Plakat zu malen, um meine Mutter wiederzufinden. Erst später begriff ich, dass sie nicht weggelaufen war.

Einige Jahre darauf erzählte mir ein Mädchen in einem Ferienlager, dass Tote in den ersten drei Tagen nach ihrem Hinscheiden die Mitglieder ihrer Familie aufsuchten, um mit ihnen zu kommunizieren. Das Wort »kommunizieren« machte mir Angst, es klang nach einem schrecklichen Ritus.

Jedenfalls kämen nach den Erläuterungen dieses Mädchens die Toten zu ihren Verwandten zurück, um ein letztes Mal mit ihnen zu sprechen. Manchmal verrieten sie sogar Geheimnisse. Dieses Mädchen hatte einen dicken Zopf, der mich anwiderte, weil er mich an einen fetten Süßwasserfisch erinnerte.

Diese Enthüllungen erschreckten mich. Unsere Mutter hatte mich in der Nacht in Onkel Francks Arbeitszimmer besucht, um mit mir zu kommunizieren. Sie hatte gemerkt, dass ich nicht an sie dachte, sondern an das versprochene Haustier, und muss meinetwegen voller Bitterkeit ins Reich der Toten zurückgekehrt sein. Diese Vorstellung quälte mich jahrelang und verursachte mir, sobald ich daran dachte, einen so starken Schmerz zwischen dem linken Arm und dem Herzen, dass ich manchmal meinte, sterben zu müssen, erstickt an meiner Gleichgültigkeit.

Als ich die Augen wieder aufschlage, sehe ich das Luchrone, die Leuchtskulptur von Reims, die anzeigt, dass wir fast angekommen sind. Vor dem Brunnen der Place du Forum bittet Salomon uns, ihn abzusetzen; er neigt den Kopf zur Windschutzscheibe, sagt auf Wiedersehen und winkt leicht mit der Hand. Wir fahren wieder los, und er wird immer kleiner im Rückfenster, dann verschwindet er um die Ecke. Ich schließe die Augen, um zu sehen, ob das Bild der Silhouette in der Ferne auf meiner Netzhaut haften bleibt.

Danach bringen wir Charlie nach Hause, ich sehe sie durch das Portal gehen und erinnere mich, dass ich sie wegen ihrer kurzen Haare und der Statur, die sie von unserem Vater geerbt hat, von hinten einmal für einen Jungen hielt. Als Kind hat sie am Strand von Carantec zu der jungen Deutschen, die auf uns aufpasste – riesiger Busen und ein Akzent, der uns Angst einjagte – zwischen den Felsen gesagt: »Ich wäre gern ein neunjähriger Junge.« Wir waren damals fünf und sieben und konnten kaum auf den Felsen laufen.

Ich bitte Jean-François, mich hier in der Rue du Docteur Jacquin aussteigen zu lassen. Ich wolle den

Rest zu Fuß gehen, sage ich, wolle frische Luft schnappen. Ich will nicht, dass sie mich nach Hause fahren, das wäre zu weit von Mathieus Wohnung entfernt, aber das sage ich ihnen nicht.

Als ich die Treppe zu seiner Wohnung hinaufgehe, den Schlüssel fest in der Hand, habe ich Herzklopfen. Ich spüre, dass er noch nicht da ist; ich klingle, niemand öffnet, ich hatte recht. Ich stecke den Schlüssel ins Schloss, ich muss es mehrfach versuchen und meine feuchten Hände an meiner Hose abwischen, ich muss den Schlüssel noch einmal drehen, dann gibt die Tür nach und geht abrupt auf.

Innen ist alles dunkel, keiner da. Es riecht nach Wachs und feuchter Wäsche.

Ich bin zum ersten Mal in Mathieus Wohnung. Ich sage mir: Nun ist es das letzte Mal, dass es das erste Mal ist. Und dieser Gedanke gibt mir Mut.

Meine Versuchung ist groß, mir seine Fotos anzusehen, die Schubladen aufzuziehen und nach Liebesbriefen zu suchen. Aber ich mache es nicht. Aus Angst, er könnte mir meine Neugier von den Augen ablesen, wenn er heimkommt.

Die Schlafzimmerwände sind weiß, unterbrochen nur von einem kleinen, in die Wand eingelassenen Regal, in dem die Bücher nach Verlagsreihen sortiert sind.

Ich ziehe mich aus und schlüpfe ins Bett, um auf ihn zu warten. Ich werde das Geräusch seines Motorrads auf der Straße hören. Ich werde es sofort erkennen, so wie ich es auch erkenne, wenn er zu mir kommt. Vielleicht schlafe ich ein, bevor ich es höre, und das ist dann gut so.

Um meinen Puls zu verlangsamen, denke ich an das Geburtstagsfest und daran, dass Irène jetzt achtunddreißig Jahre alt ist. Achtunddreißig schon. Bei mir scheinen die Jahre ganz natürlich zu vergehen, aber bei meinen Schwestern empfinde ich das Älterwerden jedes Mal als unwirklich.

Manchmal habe ich den Eindruck, wir hätten alle ein persönliches Alter. Nicht das, das in unserem Ausweis steht, nein, nicht das objektive Alter, das mit jedem Geburtstag zunimmt. Unser persönliches Alter ist unveränderlich, wir behalten es unser ganzes Leben lang bei. Bei Menschen, denen ich begegne, kann ich es oft spüren. Je weniger ich eine Person kenne, desto leichter kann ich ihr persönliches Alter lesen wie eine Inschrift. Doch je besser ich jemanden kennenlerne, desto mehr verliert sich diese Intuition. Unser persönliches Alter liegt unverrückbar vor uns oder hinter uns, es können neun Jahre sein oder siebzehn, achtunddreißig oder zweiundfünfzig. Das hängt von der jeweiligen Person ab. Ich glaube manchmal zu spüren, dass unser ganzes Leben von diesem Alter gelenkt wird, sich also danach ausrichtet. Und vielleicht in seinem Licht erstrahlt. Und dann kommt ein Moment im Leben, in dem das persönliche Alter mit dem objektiven Alter zusammenfällt. In diesem Augenblick müssen wir vollkommen glücklich sein. Ich kenne mein persönliches Alter nicht. Ich würde gern einschlafen. Möchte, dass Mathieu mich schlafend findet, wenn er kommt. Er soll nicht denken, dass mich das Warten wach gehalten hat. Ich muss an Blumen denken wie damals, als ich klein war und Irène mir, auf dem Bett sitzend, die Symbolik der Blumen erklärte. Nach ein paar Minuten flossen die Worte ineinander. Basilikum: Ich werde mich noch lange an deine Zurückweisung erinnern. Kornblume: Ich wage nicht, dir meine Liebe zu gestehen. Distel: Deine Worte verletzen mich. Eine Gladiole in der Mitte eines Straußes zeigt mit der Anzahl ihrer Blüten die Stunde des Rendezvous an. Osterglocke: Ich begehre dich glühend. Hauswurz: Du hast dich verändert. Efeu: ewige Treue. Weißer Flieder: aufkeimende Liebe. Pfefferminze: Ich habe Hoffnung. Mimose: Niemand weiß, dass ich dich liebe. Vergissmeinnicht: Vergiss mich nicht. Heidelbeere: Vergiss mich. Narzisse: Du liebst nur dich selbst. Brennnessel: Deine Gemeinheit schmerzt mich. Gänseblümchen: Freundschaft. Rhododendron: Gefahr. Catherines Worte. Vorhin. Ich frage mich, was sie damit sagen wollte. Niemand hat darauf reagiert – als wäre nichts gewesen, als hätten wir es mit einer Verrückten zu tun gehabt, der man am besten gar nicht zuhört. Und dennoch. Ich höre einen Schlüssel an der Wohnungstür. Er ist es. Er ist nach Hause gekommen. Ich muss eingeschlafen sein, denn ich habe das Motorengeräusch draußen nicht gehört. Mit ihm lerne ich das Warten. In der Zeit, die der andere uns stiehlt, weil er uns nur Muße für eine halbe Beschäftigung lässt, für einen Fastmüßiggang oder einen Halbschlaf. Ich stehe nicht auf, er soll glauben, dass ich schlafe. Dass ich nicht auf ihn gewartet habe.

Ich höre seine Schritte im Flur, er geht in sein Arbeitszimmer neben dem Schlafzimmer. Er sucht offenbar etwas, ich höre, wie Schubladen aufgezogen und zugeschoben werden. Was sucht er denn so dringend zu dieser nächtlichen Stunde? Was ist wichtiger, als zu mir zu kommen, zu mir, der Schlafenden? Seine Bewegungen sind abgehackt und unkoordiniert, Bewegungen, die ich an ihm gar nicht kenne, Bewegungen von jemandem unter Alkoholeinfluss. Oder in Wut. Er verlässt sein Arbeitszimmer wieder, das Geräusch seiner Schritte entfernt sich Richtung Wohnzimmer, leichte, geschmeidige Schritte – wie die einer

Frau. Aber wegen meines Ohrs, meines schlechten Ohrs, bin ich nicht sicher, ob ich das, was ich höre, auch richtig einordnen kann.

Die Geräusche, die aus dem Wohnzimmer kommen, sind weniger deutlich als die aus dem Arbeitszimmer. Immer noch Schritte, als würde er ständig orientierungslos zwischen seinen Möbeln umhergehen. Es hat etwas Unbegreifliches. Ich kann den Grund für diese Bewegungen nicht ausmachen.

Ich stehe auf. Ganz leise. Ich nähere mich der Geräuschquelle, indem ich mein gutes Ohr an die hintere Schlafzimmerwand drücke. Ich bin nackt, lehne an der Wand, halte den Atem an. Nun ist jedes Geräusch verstummt. Alles ist erstarrt. Genau in dem Augenblick, als mein Ohr die Wand berührte.

Ich muss zurück, muss mich wieder hinlegen, vorsichtig, damit das Parkett nicht knarrt. Bald sind wir beide in diesem Bett vereint und werden uns lieben wie heute Morgen, werden uns mehrmals lieben in der Nacht, jedes Mal wenn wir aufwachen, gleichzeitig, im Fieber des Halbschlafs, und ich muss ihm sagen, dass er aufpassen muss, besser aufpassen als heute Morgen, und nun höre ich, wie er zum Schlafzimmer kommt. Ich muss vor ihm im Bett sein.

Das Licht im Flur geht an. Die Schlafzimmertür geht auf.

Eine Frau um die sechzig. Sie sieht mich an.

Ich stehe da, nackt, mitten im Zimmer, automatisch hebe ich die Arme vor meine Brüste, als könnten die mich bedecken.

Sie sagt nichts. Ihre Miene ist aufgelöst, schockiert. Sie schließt die Tür.

Ich nehme die Tagesdecke, um mich darunter zu verstecken. Die Frau steht noch immer hinter der Tür. Ich habe nicht gehört, dass sie sich entfernt hätte.

Ich weiß nicht, was tun, also gehe ich zur Tür und klopfe ein paarmal, ohne nachzudenken.

Keine Reaktion. Ich packe den runden Türknauf aus Porzellan und drehe ihn leise.

Da ist die Frau, sie lehnt an der Wand. Sie blickt in meine Richtung, sieht aber nicht mich, sondern etwas anderes. Etwas, das nicht zu mir gehört.

Sie hat sehr kurzes weißes Haar. Ich begreife nicht, wieso sie sich nicht rührt im Dunkeln, in diesem Flur.

Ich weiß nicht, wie lange sie mich anschaut. Ich glaube, lange. Dann sagt sie etwas. Sie fordert mich auf, mich anzuziehen. Und die Wohnung ihres Sohnes zu verlassen. Ihre Stimme ist leise und bestimmt.

Sie sagt: das Motorrad. Sie sagt: Unfall. Heute Morgen. Sie sagt, ich müsse gehen. Sie bittet mich, mich anzuziehen, und ihre Stimme klingt wie bei einer Wehklage.

Sie sagt nur, es sei aus. Sie wiederholt: »Es ist aus.« Noch einmal fordert sie mich auf zu gehen, vor allem solle ich mich anziehen. Ich nehme in aller Eile meine Sachen, hüpfe linkisch, um meine Schuhe und meine zu enge Hose anzuziehen. »Gehen Sie bitte, Mademoiselle.« Und in diesem Tonfall liegt keine flehentliche Bitte mehr, sondern ein Befehl.

Allerheiligen

Ich erinnere mich, dass letztes Jahr an diesem Tag außergewöhnlich schönes Wetter war und wir länger als sonst über den Friedhof spazierten. Ich betrachtete Papa im Herbstlicht, er schien mir an jenem Tag so groß, dass ich mich unserer Mutter nie näher gefühlt hatte. Etwas von ihr war auf mich übergegangen: Sie war in unserem Alter und sie war glücklich gewesen mit diesem Mann.

Ein Jahr ist vergangen, und hier bin ich wieder zusammen mit meinem Vater und meinen Schwestern, Blumen in der Hand, die wir am Grab niederlegen wie jedes Jahr seit vierundzwanzig Jahren.

Weder mein Vater noch meine Schwestern können sich vorstellen, dass ich vor kaum zehn Tagen auf demselben Friedhof war, um an einem Begräbnis teilzunehmen, zu dem mich niemand eingeladen hatte.

Niemand hatte mich eingeladen, weil ganz einfach niemand von meiner Existenz wusste. In der *L'Union* hatte ich die Todesanzeige gelesen.

Unser geliebter Sohn, Bruder, Cousin, Freund
Mathieu Ringer
wurde in seinem einunddreißigsten Lebensjahr
brutal aus unserer Mitte gerissen.

Die Beisetzung findet diesen Mittwoch um 15 Uhr
auf dem Friedhof Dieu Lumière in Reims statt.

Von Kränzen- und Blumenspenden
bitten wir abzusehen.

In Trauer
Alain und Francine Ringer, die Eltern
Paule, die Schwester,
seine Familie und Freunde.

Ich musste die Traueranzeige mehrmals lesen, denn irgendetwas stimmte nicht, dann wurde mir klar, dass Mathieu mich bezüglich seines Alters angelogen hatte. Er hatte sich zwei Jahre älter gemacht. Vielleicht wollte er nicht genauso alt sein wie ich.

Die Kapelle war voller Menschen, viele standen hinter den Sitzenden. Wegen der vielen Leute und wegen meines schlechten Ohrs hatte ich Mühe, die Trauerreden zu verstehen, die oft mit Musik untermalt waren. Am

Ende der Trauerfeier verteilte eine junge Frau violette, gelbe und blaue Stiefmütterchen. Doch als sie bei uns ankam, bei den Leuten auf den hinteren Plätzen, waren keine Blumen mehr übrig. Die junge Frau lächelte mir freundlich zu, als wollte sie sich entschuldigen, und ich fragte mich, wer sie wohl sei, dieses Blumenmädchen, vielleicht eine ehemalige Verlobte, der er womöglich ähnliche Worte gesagt hatte wie mir am letzten Nachmittag, den wir zusammen verbrachten. Welchen Sinn haben die letzten Worte eines Mannes, wenn ich auf seinem Begräbnis eine Fremde bin? Er hat seinen Freunden nichts von mir erzählt, sie hätten versucht, Kontakt mit mir aufzunehmen. Wegen der Beerdigung. Ich erinnere mich nicht mehr an ihre Vornamen, weiß nicht, wer sie sind unter all diesen Gesichtern, niemand in dieser Trauergemeinde kennt mich.

Eine Beziehung über fünfzehn Nachmittage, das ist nichts im Vergleich zu ihrer Trauer. Gegenüber der Verzweiflung einer Mutter, die ihren Sohn verloren hat, der Aufgelöstheit einer Schwester, die einen Bruder verliert, der inneren Leere des Vaters, der erleben muss, wie sein Sohn vor ihm geht.

Verglichen damit bin ich nichts, nur unbedeutendes Fleisch, das er konsumiert hat. Der Himmel hellt sich plötzlich auf und bringt mich ins Hier und Jetzt zurück.

Papa und Irène schweigen. Sie sind in sich gegangen und beschwören Bilder unserer Mutter herauf. Charlie senkt den Kopf, um es ihnen gleichzutun, doch sie sieht nichts mit geschlossenen Augen.

Sie hat keine eigenen Erinnerungen an unsere Mutter, sie war zu klein, als es passiert ist.

Eines Tages, als wir beide allein vom Friedhof zurückkamen, sagte sie zu mir: »Ich konzentriere mich, um es zu machen wie ihr. Ich schließe ganz fest die Augen und versuche, mich zu erinnern. Vielleicht kommt ja irgendetwas hoch.«

Ein anderes Mal saßen wir vor dem Palais du Tau, wir hatten in der Konditorei Martin-Morlaix Eclairs geholt, und sie sagte unumwunden: »Manchmal habe ich das Gefühl, sie hätte gar nicht wirklich gelebt.«

Wir, die Großen, haben dieses andere Leben länger gelebt. Aber bei Charlie, der Jüngsten, wird es immer kürzer sein als bei uns. Und die Erinnerung an unsere Mutter gehört uns.

An einem Sommerabend bei Irène versuchten wir einmal, Charlies Erinnerungen so weit wie möglich zurückzuverfolgen. Die älteste Erinnerung hat sie aus der Zeit, als sie sechs war.

Sie konnte sich genau an diesen Tag erinnern, als wir, alle drei, bei McDonald's waren, der kurz zuvor an der Place du Forum eröffnet worden war. Papa hatte Irène Geld gegeben, damit sie uns am schulfreien Mittwoch dort ein Mittagessen kaufte.

Wir bestellten das »Happy Meal«.

»Ich erinnere mich«, sagte Charlie, »an die kleine Portion Pommes frites in der gelbroten Pappschachtel. Der Trinkhalm für die Cola war viel dicker als normal. Die Kekse hatten eine Clownform. Ich erinnere mich, dass die Gurken auf dem Hamburger sauer waren, das hat mir geschmeckt. Der Schmelzkäse klebte an dem weichen Papier, in das unsere Hamburger eingewickelt waren. Ich erinnere mich, dass der Doppel-Cheeseburger aus Plastik sich in einen Roboter verwandelt hat. Das war echt cool, bei McDonald's zu essen.«

Von unserer Mutter hat Charlie alles vergessen. Ihre Stimme, ihren Blick. Und damit ihre ganze frühe Kindheit. Charlie kann sich an nichts erinnern.

Nur an die Schachteln mit dem »Happy Meal« bei Ronald McDonald's.

Auf dem Friedhof kommt Bewegung auf. Die Glocken der Kathedrale schlagen zu Mittag. Die Silhouetten auf den Wegen bewegen sich langsam; an ihrem gemessenen Gang, an ihrer Körperhaltung und ihrer körperlichen Nähe kann man erahnen, wie frisch ihre Trauer ist. Zwischen den Grabsteinen entdecke ich sie sofort. Zwei Frauen. Die eine hat den Kopf an die Schulter der anderen gelegt. Sie ist nur ein Schatten, der zwischen den Gräbern hindurchgeht. Dennoch habe ich sie gleich erkannt. Die kleine helle Gestalt auf dem Weg. Sie ist es. Die Mutter. Sie kommt auf uns zu, die Frau in ihrer Begleitung ähnelt ihr, ist aber größer.

Sie trägt kein Schwarz wie bei der Beerdigung ihres Sohnes. Weiße Jeans und eine Jacke mit Schottenkaro. Was ihrer Niedergeschlagenheit aber keinen Abbruch tut.

Als die Frauen an uns vorbeigehen, heben sie automatisch den Blick. Aber für sie sind wir nur leblose Farbkleckse. Die Mutter kann sich nicht vorstellen, dass ich das Mädchen aus der Wohnung bin. Papa schlägt vor, Mittagessen zu gehen, aber ich bleibe einen Moment lang reglos stehen, bis die beiden Frauen sich entfernt haben.

Monsieur Louis, der in seinem schwarzen Anzug aussieht wie eine Figur aus einem Hitchcock-Film, bringt uns an unseren Tisch. Wie jedes Jahr essen wir nach dem Friedhofsbesuch im Café du Palais.

Aber Papa hat nicht unseren Stammplatz reservieren lassen, den runden Tisch unter dem Glasperlenlüster in der Mitte des Lokals. Er hat die »Raymond-Hains-Bank« hinten, hinter dem Dessertbüfett gebucht. Als er Platz nahm, sagte er nur, es sei gut, »ausnahmsweise mal ein wenig Ruhe zu haben«. Normalerweise gefällt es ihm, mit seinen drei rothaarigen Töchtern umherzustolzieren, und er genießt die neidvollen Blicke der Männer. Doch heute will er nicht angestarrt werden.

Alle drei sitzen wir unserem Vater gegenüber. Wir sehen ihn an. Die ganze Zeit. Sein Gesicht ist so rot wie die zerdrückten Mohnblüten auf der Tapete. Ihn anzusehen ist unser ganzes Leben. Unser ganzes Leben liegt in der Vorstellung, ihn anzusehen. Ihn. Wir sind das Fruchtholz, das zu lang geraten ist, mit sechs offenen Augen; unser Saft schießt heiß, und wir wissen nicht, warum. Wir sind seine Töchter, wir drei, und wir verdanken ihm alles, was wir sind. Aber wir wissen nicht genau, was das ist.

Wenn ich die Puppe an der Wand ansehe, mit dem alten Fischernetz in der Hand und einem Kopf, der zu groß für ihren Körper geraten ist, und wenn ich meine Schwestern darunter sehe, habe ich das Gefühl, dass wir durchdrungen sind von anderen Leben.

Leben von verblüfften Kindern, die verschwunden sind, ohne das Ende ihrer Geschichte zu kennen. Mehr oder weniger aufrichtige Leben von Leuten, die jedoch an nichts Böses denken. Unzusammenhängende Leben, deren Sinn wir verlängern, ohne zu wissen, warum. Leben, die wir mit mehreren Herzen in der Brust schlagen spüren, an einem Ort, den wir mit dem Bewusstsein nicht erfassen können, den es aber dennoch gibt.

Papa hat sein rosa Biskuit mit Sahne aufgegessen und sagt, dass es Catherine nicht gut gehe.

»Ich bin ein egoistisches Monster.«

So hat er es gesagt.

Dann hob er zu einer Rede an, die einstudiert wirkte, mit geschlossenen Augen, als würde er sich plötzlich schämen. Als würden seine Töchter ihn mit ihrer Anwesenheit ein wenig verlegen machen. Ich kann mich schlecht auf seine Worte konzentrieren, denn alles erscheint mir so weit weg. Die Leute, die Laute, als würde ich durch einen Türspion blicken. Die Ränder sind verschwommen, die Formen vage. Ich erahne die Dinge mehr, als dass ich sie verstehe.

Papa will auf den »Vorfall« an Irènes Geburtstag zu sprechen kommen. Er meint, Catherine sei »ausgerastet«: Sie war verletzt von uns, unserem Benehmen, und um sich zu rächen, hat sie »irgendeinen Blödsinn« erzählt.

Er sagt: »Jetzt ist die Gelegenheit.« Draußen hört man das Hupen eines Hochzeitskonvois. Er hat vor dem Justizpalast angehalten. *Dura lex, sed lex* steht da in Stein gemeißelt. Das sieht man als Erstes, wenn man aus der Kathedrale kommt: Das Gesetz ist hart, aber es ist das Gesetz.

Ich kann mich nicht auf die Worte unseres Vaters konzentrieren, sehe nur den Handschuh dieser Frau, die aus dem Bild mir gegenüber zu treten scheint. Dennoch spüre ich, dass es wichtig ist, dass ich aufmerksam sein muss.

Er möchte mit uns über eine Sache reden, über die er nie zuvor gesprochen hat. Weil er dachte, dass uns das nicht betreffe. Das Leben der Eltern, vor uns, das ist nicht unsere Geschichte. Aber nachdem bestimmte Dinge nun mal ausgesprochen wurden, muss er die Sache zu Ende bringen.

»Als eure Mutter und ich uns kennenlernten, waren wir sehr jung. Wir kamen in Reims zusammen, über gemeinsame Freunde, bei denen ich Anfang jenes Sommers Urlaub machte. Damals wohnte ich noch in Carantec. Eure Mutter war unglaublich schön, ich erinnere mich an ihr rotes Haar, das mich verzaubert hat. Komisch, aber ich wusste schon immer, dass ich eine rothaarige Frau treffen würde. An unserem ersten Abend gingen wir zu Fuß nach Hause, wir kamen von einem Jazzkonzert. Eure Mutter trug ein tief ausgeschnittenes Kleid, und ich trug auf dem Heimweg ihre Handtasche. Am nächsten Tag erfuhr ich von unseren Freunden, dass sie bereits mit jemandem liiert war. Einem jungen Mann, den sie seit der Kindheit kannte; sie gingen zusammen zur Schule. Doch dieser Mann war nach Paris gezogen, er wollte nach seinem Jurastudium zu eurer Mutter zurückkehren und in einer Reimser Kanzlei arbeiten. Was in jenem Sommer zwischen den beiden vorgefallen ist, weiß ich nicht genau. Ich war sehr unglücklich, weil ich eine Frau getroffen hatte, die mir gefiel, die aber schon mit einem anderen Mann zusammen war. Doch wie auch immer, nach den Ferien im September ließ mich eure Mutter über ihre Freunde wissen, dass sie mit dem Rechtsanwalt gebrochen hat, der schlussendlich in Paris blieb. Kurz darauf haben wir geheiratet. Irène wurde geboren, und eure Mutter hat diesen Mann nie wieder gesehen.«

Er sagt: »Eure Mutter und ich«, und hat dabei eine besonders weiche Stimme. Dann umspielt ein geheimnisvolles Lächeln seinen Mund: »Rechtsanwälte mochte ich noch nie.« Und er fügt hinzu, wir seien alle drei seine Töchter. Er würde nie zulassen, dass jemand das Gegenteil behauptet.

Er sei stolz auf uns, und wir sollten den Unsinn vergessen, den Catherine erzählt hat.

Charlie sehnt das Ende des Essens herbei, denn wir müssen zum Bahnhof und den Zug nach Paris erreichen.

Vor ein paar Tagen bat sie mich, sie zu begleiten, Hin- und Rückfahrt am selben Tag, die Fahrkarten hat sie schon gekauft. »Ich erkläre dir das dann.« Ich konnte nicht Nein sagen, sie wirkte so getrieben.

Im Zug setzen wir uns zu einer Familie mit zwei Kindern. Die Mutter malt zusammen mit dem Sohn in einem Malbuch: Zirkustiere. Ein Elefant, ein Tiger und ein kleiner Hund auf einem großen Ball. Der Junge will den Hund blau anmalen, was die Mutter ärgert. Der Vater spielt mit der Tochter. Das Spiel besteht darin, unterschiedlich große Plastikkreuze zu ordnen.

Wie es aussieht, haben sie ihr Familienleben so organisiert – die Mutter mit dem Sohn, der Vater mit der Tochter. Als hätten die Eltern ihre Kinder untereinander aufgeteilt.

Ich frage mich, ob alle Eltern eines ihrer Kinder bevorzugen. Ob es unausweichlich ist und wie gut es ihnen gelingt, es zu verbergen. Ich frage mich, ob unser Vater eine von uns bevorzugt hat.

Papa sagt immer, wenn man alle Zufälle bedenkt, die eintreten könnten und doch nicht eintreten, dann relativiert sich so einiges.

Der Zufall. Heute Morgen habe ich im Radio gehört, dass in Frankreich eines von zwanzig Kindern ein Kuckuckskind sei.

Jedes zwanzigste. Ein Kind von zwanzig ist nicht das Kind seines angeblichen Vaters.

Wir sind etwa sechzig Leute in diesem Waggon.

Der Zug hat vielleicht zwölf Waggons, somit fahren an die sechshundertfünfzig Passagiere mit.

In diesem Zug sind also über dreißig Personen nicht die Kinder ihrer Väter.

Dreißig Personen im TGV von Reims nach Paris.

Zwischen sechs Uhr morgens und neun Uhr abends fährt stündlich ein TGV, das sind fünfzehn Züge am Tag.

Das heißt, dass auf der Strecke Reims – Paris täglich vierhundertfünfzig Kuckuckskinder unterwegs sind.

Und wenn man an alle Züge denkt, die zur selben Zeit durch ganz Frankreich fahren …

In einem dieser Züge sitzen ein Mann und eine Frau. Sie haben Kinder, mit denen sie in aller Ruhe spielen. Wie dieser Mann und diese Frau neben mir.

Stellen wir uns vor, dieser Mann und diese Frau würden sich seit der Schulzeit kennen.

Stellen wir uns vor, sie kämen aus demselben Stadtteil, ihre Eltern würden sich kennen, seit ihrer Kindheit verkehrten sie an denselben Orten und hätten dieselben Freunde.

Sie hätten sich verliebt. Sie hätten geheiratet. Und sie dächten oft an ihren ersten Schultag zurück, an dem sie sich mit sieben Jahren auf den ersten Blick ineinander verliebt hatten.

Was sie nicht wissen: Vor ihrer Geburt hatte die Mutter der Frau eine Affäre mit dem Vater des Mannes. Und dass sie Bruder und Schwester sind.

An diesem ersten Schultag hätten sich Bruder und Schwester »wiedererkannt«, ohne es zu wissen. Und so wäre die »Liebe auf den ersten Blick« ein Gefühl, das bestimmte Menschen bei ihrem Zusammentreffen empfinden, hervorgerufen durch eine biochemische Reaktion in Zellen, die dem gleichen Genmaterial entspringen. Seit Anbeginn der Zeiten meinen die Menschen, es handle sich um Liebe, aber dieses starke Gefühl ist vielleicht nur eine physiologische Reaktion bei Geschwistern, die sich wiederfinden, ohne sich gekannt zu haben. Tristan und Isolde. Bruder und Schwester. Romeo und Julia. Bruder und Schwester. Chimène und Don Rodrigue. Schwester und Bruder. Die Weltliteratur basiert somit auf der Verdrehung eines Gefühls, einem künstlichen psychischen Faktum, das übermächtig ist und als einzige Ursache die – ganz zufällige – Begegnung zweier ähnlicher Lebensgespinste hat.

Als Charlie mir im Zug den Grund für unsere Fahrt nach Paris erläutert, spricht sie ganz leise.

»Erinnerst du dich an Salomon, der bei Irènes Geburtstag dabei war?«

Charlie erklärt: Als sie an jenem Abend zusammen kamen, kannten sie sich nicht. Sie hatten sich gerade einmal eine Stunde vor unserer gemeinsamen Abfahrt kennengelernt.

Charlie kam nach Hause, auf ihrem Treppenabsatz sah sie den jungen Mann auf den Stufen sitzen, als würde er auf jemanden warten.

Als sie ihre Wohnungstür aufschloss, sprach der Mann sie an, er wollte wissen, ob sie »Mathilde« gesehen hätte. Charlie begriff erst nach einer kleinen Weile, dass der Mann Mathilde Berthaud meinte, ihre Vormieterin, an deren Namen sie sich erinnerte, weil sie das Schild am Briefkasten ausgewechselt hat: M. Berthaud. Charlie hatte gedacht, es handle sich um einen Mann, Monsieur Berthaud. Der junge Mann wusste nicht, dass Mathilde Berthaud umgezogen war.

Er wartete auf sie.

Nun war er so verstört, dass Charlie ihm anbot, mit in ihre Wohnung zu kommen. Er setzte sich im leeren Wohnzimmer mit einer Schale Wasser – Charlie hatte beim Umzug ihre Gläser verloren – auf einen Umzugskarton. Lange Zeit sagte er gar nichts.

»Sind Sie traurig, dass Mathilde gegangen ist, ohne Ihnen etwas zu sagen?«

Er blickte in seine Schale, als suchte er dort die Antwort, aber er sagte nichts. Dann fragte er Charlie aus, über ihr Leben, warum sie in diese Wohnung gezogen sei.

Charlie erzählte ihm, dass sie drei Jahre lang die Schule für Zivilluftfahrt in Toulouse besucht hat und nun für ein Praktikum als Fluglotse am Flughafen Reims-Champagne zurückgekommen ist. Sie sagte ihm auch, dass ihr Vater vor ihrer Rückkehr diese Wohnung für sie gefunden hat. Und dass sie Mathilde Berthaud nie getroffen hat. Dann sprachen sie über andere Dinge. Charlie hatte den Eindruck, dass sich der Mann psychisch und physisch langsam wieder erholte. Sie weiß nicht, wie es dazu kam, aber irgendwann sahen sie sich zusammen unsere Familienalben an, für die der Mann großes Interesse zeigte: Die Fotografie ist sein Steckenpferd. Er betrachtete die Bilder lange, unsere Kinderfotos, uns Schwestern. Aufmerksam sah er sich jedes Bild an, vor allem die Serie aus dem Fotoautomaten, die mit der Zeit verblasst ist: alle drei, Irène, Charlie und ich, auf dem Bahnhof von Marseille, als unser Zug große Verspätung hatte. Als Hintergrund hatten wir einen blauen Vorhang gewählt, der unsere roten Haare im Pagenschnitt schön zur Geltung brachte. Auf den Fotos weint Charlie wegen des Blitzes, sie dachte, es sei ein Gewitter.

Charlie sagt, die Hände des jungen Mannes hätten leicht gezittert. Er schien durcheinander gewesen zu sein. Aber froh, hier bei ihr sein zu können. Da sie mit uns zum Geburtstagsessen fahren musste, schlug sie ihm vor mitzukommen, sie wollte nicht, dass er wegging. Er lachte nur, meinte, das sei eine komische Situation. Und er würde komische Situationen mögen, also nahm er die Einladung an.

Charlie sagt: »Als wir angekommen sind, haben alle gedacht, wir wären zusammen. Ich habe nichts gesagt, habe so getan, als ob. Es war das erste Mal. Auf dem Rückweg wurde mir klar, dass ich keine Chance hatte, ihn wiederzusehen. Ich kannte ja nicht mal seinen Nachnamen. Aber ich traute mich nicht, ihn in eurem Beisein danach zu fragen. In den darauffolgenden Tagen dachte ich an ihn. Ich wollte ihn wiedersehen. Ich hoffte, ihm auf der Straße zu begegnen. Ich war viel draußen unterwegs, machte unsinnige Umwege über Viertel, in denen ich normalerweise nicht verkehre. Vor allem an den Wochenenden, weil er die Woche über in Paris arbeitet. Aber auch an den anderen Tagen gab ich die Hoffnung nicht auf. Ich habe Bücher über Fotografie gelesen, mich mit der Geschichte der Daguerreotypie beschäftigt und die Namen berühmter Fotografen auswendig gelernt. Manchmal blieb ich vor einem Schaufenster stehen, um nachzusehen, ob er im Laden ist. Ich dachte den ganzen Tag nur an ihn. Und dann erinnerte ich mich an Mathilde Berthaud. Meine einzige Spur zu ihm führte über diese Frau. Ich rief den Wohnungseigentümer an und fragte ihn unter dem Vorwand, ich hätte Schmuck im Badezimmer gefunden, nach der Telefonnummer meiner Vormieterin. Dann rief ich Mathilde Berthaud an. Ich sagte ihr, ich sei die neue Mieterin und hätte ein Paar Ohrringe unterm Waschbecken gefunden. Ich hätte am Montag ein Seminar auf dem Flughafen Roissy, wäre also in Paris und könnte ihr den Schmuck vorbeibringen. Sie hat nicht viele Fragen gestellt, ihre Stimme am Telefon war sanft, sie schien in Eile zu sein. Sie hat mir ihre Adresse gegeben und gesagt, ich solle dann und dann vorbeikommen. Ich kaufte Silberohrringe. Ich habe sie in meiner Handtasche. Aber ich habe Angst, ganz allein hinzugehen, und womöglich nicht den Mut zu finden, die entsprechenden Fragen zu stellen. Deshalb wollte ich, dass du mitkommst.«

»Ihre Stimme am Telefon war sanft.«

Ich frage mich, wie Mathilde Berthaud wohl aussehen wird, wenn sie die Tür öffnet.

Ich habe Charlie noch nie so eifrig erlebt. Das letzte

Mal, als sie mir von einem Mann erzählte, hat der sie auf der Luftfahrtmesse in Paris zwischen den Ständen versetzt; sie kam allein zurück und hat nie wieder etwas von ihm gehört. Ich hoffe für Charlie, dass Mathilde nicht zu vornehm ist. Dass ihre Haare nicht allzu makellos sind. Dass sie ein wenig unordentlich ist. Ich frage mich, warum diese Frau aus der Wohnung ausgezogen ist, ohne Salomon etwas zu sagen. Ich sage zu Charlie, ja, einverstanden, man muss an alles denken. Als würden wir die Szene einstudieren. Um uns vor Mathilde nicht zu verraten.

Wir werden an der Tür klingeln.

Mathilde Berthaud wird uns öffnen und uns in ihre Wohnung bitten. Wir werden uns vorstellen und ihr die Ohrringe geben. Mathilde wird erstaunt sein und verlegen sagen: »Aber die gehören mir ja gar nicht! Das sind nicht meine Ohrringe.« Wir werden eine verdutzte Miene aufsetzen, sagen, dass wir sie im Badezimmer auf dem Boden hinter dem Waschbecken gefunden hätten.

Wir werden uns für die Störung entschuldigen. Sie wird sagen: »Macht doch nichts«, im Gegenteil, es wird ihr leidtun, dass wir den Weg umsonst gemacht haben.

Es wird ihr sogar so leidtun, dass sie uns etwas zu trinken anbieten wird. Und wir werden annehmen.

Und ganz beiläufig werden wir in die Unterhaltung einfließen lassen, dass ein Freund von ihr sie in der Rue Thiers besuchen wollte. »Ich glaube, er heißt Salomon«, werde ich sagen.

Es ist wie ein Spiel – es wird ganz leicht werden, du wirst schon sehen.

An der Gare de l'Est stellen wir uns am Taxistand an, wie damals, als wir drei klein waren und uns ein Wagen zur Gare de Montparnasse brachte, von wo wir nach Carantec in die Ferien weiterfuhren.

Ich verstand die Kinder nicht, die gern zu ihren Großeltern gingen. Diese alten Leute machten mir Angst, sie wollten, dass man sie lieb hat und dass man ihre verschrumpelte Haut berührt. Alles an ihnen hing herab: Hängebacken, Hals, Arme, Lippen. Wir sollten altmodische Spiele spielen. Sie verstanden nicht, dass wir moderne Kinder waren. Sie hatten Dinge, die es anderswo nicht gab. Rissige Seifen, die in einem bräunlichen Saft schwammen, Arnikaglobuli, Lebensmittel in Verpackungen, die man bei uns im Supermarkt nie sah. Das Alter war für uns, als würden wir ins Ausland reisen.

Einmal sollte ich Großvater in den Garten begleiten, er wollte »mit mir reden«. Ich hatte keine Lust, lange mit diesem alten Mann zusammen zu sein, dessen Nase voller Haare war und der mir zu viele Fragen stellte. Ich wusste nicht, was ich ihm antworten sollte, ich hatte plötzlich Angst, weil ich weit weg von allen mit ihm allein war, und siezte ihn vor lauter Verwirrung. Er regte sich darüber auf und brachte mich wieder zu den anderen.

Der Taxifahrer entblößt beim Sprechen große Zähne. Es regnet. Charlie fährt mit der Hand über die Scheiben, als könnte sie die Tropfen von innen abwischen.

In Paris sieht alles gleich aus: Gebäude, Plätze, Kreuzungen. Die Fassaden sind überall gleich. Mehr oder weniger schwarz. Die Bahnhöfe auch.

Nur die Monumente verändern sich in Paris. Und dennoch. Lediglich der Eiffelturm unterscheidet sich vom ganzen Rest, vielleicht ist er ja deswegen so bekannt – das einzige Pariser Monument, das Paris nicht gleicht.

Charlie ist nervös, in der Hand hält sie den Zettel, auf dem sie sich Mathilde Berthauds Adresse notiert hat.

Der Fahrer bremst ab, aber da ist keine rote Ampel. Mein Blick fällt auf eine Gruppe schwarzer Frauen, die auf dem Gehweg sitzen. Ihre Kleidung liegt eng an ihren adipösen Körpern an, vor allem bei einer; sie zieht an ihrer Zigarette und runzelt dabei die Stirn. Sie sieht müde aus. Ich frage mich, worüber sie reden.

Die Taxifahrt kostet fünf Euro achtzig. »Das ist das Minimum.« Wir sind angekommen, so schnell, dass wir überrumpelt sind. Plötzlich erscheint mir die Idee, Mathilde zu treffen, unsinnig.

Auch Charlie ist aufgeregt, sie gibt mehrmals den Türcode ein, bevor die Haustür aufspringt.

Als wir durch den regennassen Hof gehen, sehe ich gar nichts: nicht die Säcke mit Bauschutt auf dem Boden, die Blumentöpfe mit verwelkten Pflanzen, die Plastikflaschen voller Zigarettenkippen.

An all das werde ich erst später denken, auf der Rückfahrt im Zug.

Im Moment gehen wir schweigend die Treppen hinauf. Zwischen zwei Stockwerken bleibt Charlie atemlos stehen, als würde ihr Körper schlappmachen.

Sie sagt: »Ich habe Angst.« Dann lacht sie und zuckt dabei mit den Schultern. Ich sage, ich auch, ich habe auch Angst, und mein Herz wird zu einem blutgeschwellten, unterirdischen Organ. Es pumpt fieberhaft, voll wie ein Kolben, und schmerzt. Doch Charlies Anblick im Treppenhaus, die von einem nervösen Lachen geschüttelt wird, lässt mich das vergessen.

Wir klingeln an der Wohnungstür, wo mit schwarzem Filzstift der Name Berthaud geschrieben steht. Am anderen Ende der Wohnung bellt ein Hund.

Eine Frau öffnet die Tür. Besser gesagt, ihr Bauch erscheint. Ein enormer Bauch.

Mathilde Berthaud – das kann nicht diese Frau sein, deren unschönes Gesicht in der Schwangerschaft zu einer mittelalterlichen Fratze aufgedunsen ist. Ich sage: »Guten Tag, wir suchen Mathilde Berthaud«, und der schreckliche Hund schiebt sich in die Tür; er zögert, ob er uns anbellen oder uns zwischen den Beinen beschnüffeln soll. Die Frau schreit ihn an, damit er wieder hineingeht, dann sagt sie: »Ja, das bin ich, ich kann Sie nicht hereinbitten, es ist so eine Unordnung. Haben Sie die Ohrringe dabei?« Schnell zieht Charlie sie aus der Tasche.

Die Frau nimmt überstürzt den Schmuck, als könnten wir jederzeit unsere Meinung ändern und ihn wieder zurückverlangen.

Sie bedankt sich, ohne die Ohrringe anzusehen.

Dann sagt sie uns auf Wiedersehen und schlägt uns die Tür vor der Nase zu.

Als wir Mathilde Berthauds Haus verlassen, habe ich keine Lust zu reden, Charlie auch nicht. Ein Taxi bringt sie zur S-Bahn Richtung Roissy, ich fahre zum Bahnhof und will gleich weiter nach Reims.

Ich laufe den Bahnsteig entlang, das Pfeifen des Zuges hallt in meinem Kopf wider. Wie einem Tier befehle ich dem Zug, sich nicht zu bewegen und auf mich zu warten. Als sich die Türen schließen und der Zug anfährt, würde ich am liebsten heulen. Aber es wäre zu dumm, wegen etwas zu weinen, das schlecht hätte ausgehen können, am Ende aber gut ausging. Also nehme ich mich zusammen.

Als ich dann im Zug sitze, denke ich wieder an das Mittagessen mit den Schwestern im Café du Palais, an diese Geschichte mit dem Rechtsanwalt. Ich habe mit Charlie nicht einmal darüber gesprochen. Ich kann einfach nicht glauben, dass unsere Mutter ein anderes Leben hatte. Vor uns. Vor unserem Vater. Anderswo, ein geträumtes Leben, das mit dem Schlaf begann. Das sie uns wegnahm.

Ich frage mich, ob sie an diesen Mann gedacht hat, als sie krank war.

Ich frage mich, ob Mathieu an mich gedacht hat, bevor er starb.

Wie lange ist der Unfall nun schon her? In meinem Kopf verschwimmt alles. Ich bringe Tage, Wochen, Daten durcheinander. Dachte er, er sei meinetwegen gestorben? Hasste er mich vor seinem Tod, bereute er es, mir begegnet zu sein? Fand er es absurd, dass ich der letzte Mensch war, den er in seinen Armen hielt – ich, die ich so weit von seinem Leben entfernt war, ich, die er nicht liebte? Mir dreht sich der Kopf.

Seit dem Mittagessen mit Papa und meinen Schwestern fühle ich mich fiebrig. Ich würde gern schlafen, aber durch den Waggon hallt Kindergeschrei. Nicht mehr an Mathieu denken, nicht mehr an Papas Blick auf seinen Teller denken, als er von dem Rechtsanwalt sprach, nicht mehr an Charlie denken, die nun traurig in ihrem tristen Hotel am Flughafen sitzt, weil sie jede Möglichkeit verloren hat, diesen Mann wiederzutreffen.

Ich sehe Mathilde vor mir, ihren phänomenalen Bauch. Rieche den Geruch, der aus der Wohnung kam, als sie die Tür geöffnet hat. Eine Mischung aus ranzigem Fett, Hund und Weihrauch.

Ich gehe ins Bordrestaurant, um mir die Beine zu vertreten und auf andere Gedanken zu kommen. Doch wegen eines Streiks der Cateringbetriebe gibt es nichts mehr. Der Kellner packt seine Sachen zusammen und räumt die Zeitschriften auf. Ich frage, ob es wirklich nichts mehr zu essen gebe; nein, sagt er, nichts mehr, alles ausverkauft.

Ich gehe zu meinem Platz zurück, laufe Slalom durch die Gänge, remple Leute an, stoße mit der Hüfte an einen Sitz, hüpfe auf einem Bein. Als ich vorbeigehe, richten sich automatisch die Blicke auf mich. Die Gesichter fliegen vorbei wie eine Landschaft.

Da sitzt oder, besser gesagt, da fläzt jemand schlafend auf einem Fensterplatz und hat den Arm um ein Mädchen gelegt, das Zeitung liest, ich meine, er sei es. Salomons zierliche Gestalt, ganz dünn, sein schwarzes Haar. Um sicher zu sein, dass er es ist, müsste ich zurückgehen. Aber dazu habe ich keinen Nerv. Keine Lust, mit ihm zu reden. Bin zu erschöpft.

Als ich aus dem Bahnhof komme, beruhigt es mich, ganz langsam durch die Straßen von Reims zu gehen, meiner Puppenstube fernab von Paris. Die Place Drouet d'Erlon ist sehr belebt, in der Ferne will ein Marktschreier etwas verkaufen und brüllt in ein Mikrofon. Ich erinnere mich, dass an dem Tag, als ich Mathieu vor der Brasserie L'Apostrophe kennenlernte, Leute in Gruppen herumstanden, ein Mann kam mit einem Bier in der Hand auf mich zu, er war völlig betrunken, und es war mir peinlich, dass Mathieu denken könnte, ich würde diesen Mann kennen.

In der Rue de Vesle hängen städtische Angestellte die ersten Weihnachtsgirlanden auf, die dem Winter vorauseilen. Wegen der Dekoration, die schon Ende November in den Straßen angebracht wird, ist Weihnachten nichts Besonderes mehr, kein Ereignis, lediglich eine schlechte Zeit, die man hinter sich bringen muss. Ich bin so müde, dass meine Beine mich unweigerlich zur Place Royal tragen, ich sehe die Statue

Ludwigs XV., ich kann mich in Irènes Laden flüchten.

Ist es der Lilienduft oder das Schlingern des Zuges – jedenfalls wird mir schwindlig, kaum dass ich Irènes Geschäft betrete, alles dreht sich, die Blumen, die Wände, die Lampen, ich muss mich setzen. Irène bedient einen Kunden, einen großen Mann, der kaum mehr Leben zeigt als ein weich gekochtes Ei, in einem zu kurzen grauen Regenmantel. Sie stellen einen riesigen Strauß zusammen, rot, gelb, grün, ein wahres Feuerwerk.

Ich lasse mich von ihrem Gespräch einlullen, das ich wie von Weitem höre – die Oberbürgermeisterin, die neue Straßenbahn. Die Worte dringen zu mir hindurch, ohne dass ich mir Mühe gebe zu verstehen, über was sie reden; ich denke an den Übelkeit erregenden Wachsgeruch in Mathieus Wohnung, dann höre ich von irgendwoher ein Läuten. Erst denke ich, es sei ein Tinnitus in meinem schlechten Ohr, aber es ist ein Martinshorn in der Ferne.

Irène sagte einmal, sie würde ihren Kunden nie Fragen stellen. »Wenn man so viele Leute trifft wie ich, gewöhnt man sich an, nichts zu fragen. Man lässt die Dinge kommen. Die Leute sagen einem am Ende immer genau das, was sie sagen wollten. Nicht mehr, nicht weniger. Man kann sie weder zwingen, etwas zu sagen, noch sie zum Schweigen bringen.«

Der Strauß ist eingepackt, der Kunde eingemummt, er geht zur Kasse, schreibt einen Scheck aus und geht. Ich bin so froh, dass er endlich weg ist.

Jean-Rémi Garibois. Jean-Rémi Garibois. Irène lacht und wiederholt seinen Namen, seit er in den Laden gekommen ist. Jean-Rémi Garibois, sie kann es nicht glauben, sie waren zusammen in der zehnten Klasse, der arme Kerl hatte eine Brille, die Gläser waren mit Klebeband versehen, damit seine Augen sich auf die Löcher in der Mitte konzentrieren mussten.

Dann sagt Irène nichts mehr und starrt blinzelnd auf einen Enzianstrauß.

Und dann bohrt sie ihre Augen in die meinen und verkündet: »Wir müssen die Klassenfotos finden.«

Ich verstehe nicht, was sie damit sagen will, außerdem bin ich müde, aber Irène lässt nicht locker. Die Klassenfotos. Mamans Klassenfotos, sagt Irène, auf den Bildern könnten wir den Anwalt finden. »Auf der Rückseite hat sie immer die Namen ihrer Klassenkameraden notiert, ich kann also sehen, welche Namen sich über die Jahre wiederholen, und so den Namen dieses Anwalts herausfinden.«

Irène sagt, wir müssten zu Papa fahren, denn die

Fotoalben seien in seinem Arbeitszimmer. Wir müssten sofort fahren, er habe einen Termin in der Stadt und sei frühestens in zwei Stunden wieder in Épernay. Wir schließen den Laden und fahren sofort, sagt sie und gibt mir eine Kiste voller Efeu, damit ich ihr helfe, das Schaufenster auszuräumen, und ich frage mich, was heute mit meinen Schwestern los ist, weil sie wollen, dass ich sie überallhin begleite.

Im Auto spricht Irène ausschließlich darüber. Über diesen Mann. Den Anwalt. Die erste Liebe. Sie sagt, er müsse irgendwo sein, müsse Frau und Kinder haben, ein Familienleben. Sie fragt sich, wie er aussieht, wie alt er heute wohl ist. Ob er bei Mamans Beerdigung war? Ob er an jenem Tag mit Papa geredet hat? Ob sie sich kennen? Irène sagt, Papa habe vielleicht gelogen, wahrscheinlich hätten sie sich weiter getroffen, sicherlich hätten sie eine Liebschaft gehabt. Lange Zeit. Selbst noch, als sie krank war. Irène sagt, es sei komisch, dass Papa uns nicht mal dessen Vornamen gesagt hat. Sie meint, das sei ein Zeichen für irgendetwas, und was sie da sagt, verursacht mir Schwindel.

Anlässlich dieser Klassenfotos frage ich Irène – um das Thema zu wechseln –, ob sie sich an die Geschichte meines verschwundenen Fotos erinnern könne. Das fällt mir jetzt wieder ein. Jahrelang habe ich nicht daran gedacht.

Ich war vier oder fünf, in der Vorschule hat man uns zum Fasching geschminkt.

Ich hatte einen wunderschönen Schmetterling im Gesicht. Ich war ganz stolz, weil ich der einzige Schmetterling in der Schule war. An jenem Tag kam ein Fotograf in die Klasse.

Einige Tage später konnten die Mütter nach Schulschluss unsere Fotos kaufen.

Am Morgen hatte ich mein Bild in der Eingangshalle gesehen und konnte es gar nicht erwarten, dass unsere Mutter es kaufte und ich es mit nach Hause nehmen konnte.

Am Abend jedoch sagte sie mir, jemand anderes hätte das Foto genommen. Ein Unbekannter hatte es vor uns gekauft. Das einzige Bild von mir.

Irène aber sagt, sie erinnere sich nicht an diese Geschichte, sie finde sie auch sehr eigenartig. Sie sagt, ich sei damals noch sehr klein gewesen. Vielleicht hätte ich da etwas durcheinandergebracht, die Sache erfunden. Jedenfalls ist Irène das egal, sie will nicht über etwas anderes sprechen, sie interessiert sich nur für diesen Anwalt.

In Épernay angekommen, sagte Catherine als Erstes, das treffe sich gut, Irène habe nämlich beim letzten Mal ihre Butterdose vergessen und sie hätte sie aufbewahrt.

»Die soll sich ihre Butterdose sonst wohin schieben!«, sagte Irène laut genug, dass Catherine es hören konnte. Das fing ja schlecht an, diese Fahrt war wohl ein Reinfall. Ich spürte, dass Catherines großer Moment gerade gekommen war.

Wir gingen hinauf in Papas Arbeitszimmer, ohne die Mäntel auszuziehen und die Taschen unten im Flur abzustellen. Wir haben kaum unsere Schuhe abgestreift. Ich musste an die Polizisten in den Krimiserien denken und dass es Folgen haben würde, wenn wir in Abwesenheit unseres Vaters sein Arbeitszimmer betraten.

Irène weiß, wo Mamans Alben sind – ich frage mich, wie sie das wissen kann, denn ich wusste nicht mal, dass es sie gibt –, und wir müssen nicht lange in Papas Sachen wühlen.

Catherine ist aufgeregt, aber Irène sagt zu ihr, sie brauche nicht die Erlaubnis unseres Vaters, um Martines Bilder zu holen. Sie brauche von niemandem eine Erlaubnis. »Die Fotos der heiligen Martine«, fügt sie hinzu, und bei diesen Worten geht Catherine auf den Flur hinaus.

Wir reißen die Klassenfotos aus den Alben. Auf der Rückseite stehen je nach Alter in Mamans linkischer und unregelmäßiger Handschrift die Namen der Mitschüler. Maman ist sechs, Maman ist sieben, acht, neun, zehn, fünfzehn Jahre alt. Ihre Schrift ist mit der Zeit regelmäßiger geworden.

Wir wollen uns nicht aufhalten, denn Catherine steht noch immer hinter der Tür, sie traut sich weder hereinzukommen noch ganz wegzugehen, sie will uns einfach im Auge behalten, als würden wir sonst das Haus in Brand stecken.

Als wir mit den Fotos in Irènes Tasche wieder gehen wollen, fängt Catherine an zu weinen, sie bittet uns, auf unseren Vater zu warten, nicht einfach so wegzugehen, sie weint und bittet uns um Entschuldigung, während sie uns auf Schritt und Tritt von der Treppe bis zur Wagentür folgt wie ein Hündchen.

»Es stimmt nicht«, sagt sie, »was ich an deinem Geburtstag gesagt habe. Es tut mir leid. Aber lasst die Fotos hier!«

Wir schlagen ihr die Autotür vor der Nase zu. Catherine steht wankend da, wir fahren weg.

Irène rast, als wollte sie die Straße plattmachen. Am laufenden Band meckert sie über Catherine und sagt ständig, sie müsse den Namen dieses Anwalts herausfinden. Schließlich frage ich sie, wozu das eigentlich gut sein soll, den Namen dieses Mannes herauszufinden. Aber Irène gibt mir keine Antwort. Ständig wiederholt sie, als wäre ich gar nicht da: »Ich muss sehen, welche Namen über die Jahre immer wieder auftauchen. Da gibt es sicherlich welche. Und dann ist es ganz einfach, ich schaue in den Gelben Seiten nach, welcher davon der Name eines Anwalts in Paris ist. Nichts einfacher als das!«

Irène bremst jäh ab, mein Kopf ruckt Richtung Windschutzscheibe. Ich frage sie, was in sie gefahren sei, aber sie wendet den Wagen.

»Ich glaube, ich habe Papas Auto auf der anderen Seite gesehen, er steht am Straßenrand.«

Wir fahren ein Stück zurück. Irène hatte recht, der Wagen unseres Vaters steht da, er telefoniert. Er hat das Licht im Fahrgastraum angeschaltet. Irène parkt hinter ihm, ich habe den Eindruck, er hat uns gar nicht gesehen, er telefoniert weiter und wirkt besorgt.

Irène steigt aus. Ich beobachte sie nur, denn ich bin zu müde, um ihr zu folgen. Sie beugt sich zum Fenster von Papas Wagen.

Er reißt abrupt die Tür auf, um auszusteigen, Irène weicht einen Schritt zurück. »Was soll das mit den Fotos?«, will er wissen. Er hat gerade mit Catherine gesprochen, sie hat ihm alles erzählt. Er sagt, es sei unglaublich, dass Irène sich hinter seinem Rücken aufführt wie eine kleine Diebin.

Papa schimpft Irène eine kleine Diebin, er sagt es immer wieder, kleine Diebin, wie damals in ihrem letzten Schuljahr, als sie im Einkaufszentrum in der Rue de Vesle eine Daunenjacke von Chevignon geklaut hat und die Angestellten ihn anriefen. Er schämte sich, weil seine Tochter, sagte er, seine Tochter eine Diebin sei. »Ha, das ist ja die Höhe! Meine Tochter ist jetzt eine Diebin!«

Irène sagt, sie sei keine Diebin, diese Fotos gehörten ihr genauso wie ihm, sie gehörten uns allen. »Ich habe sie nicht gestohlen, ich habe sie mir ausgeliehen, dazu habe ich jedes Recht.«

Und sie fügt hinzu: »Ruf doch die Bullen!« Sie sagt es wie im Scherz: Na, was ist, Papa? Warum rufst du denn nicht die Bullen? Dann sollen sie deine Tochter verhaften, weil sie Fotos von ihrer eigenen Mutter gestohlen hat! Du, du hast Glück, deine Mutter ist ja nicht tot. Warum darf ich also nicht die Fotos meiner Mutter haben?

Papas Kinn zittert, er befiehlt ihr »zum letzten Mal«, ihm die Bilder zurückzugeben. Und Irène sagt, er soll sich verpissen.

Irène sagt zu unserem Vater, sie sagt zu ihm: »Verpiss dich!«

Auf der Straße hört es sich so an, als würden die Autos, die mit Karacho an uns vorbeifahren, die Worte verstärken, mir ist, als schienen diese Worte plötzlich in der Dunkelheit als riesige Leuchtbuchstaben auf: VERPISS DICH!

Als Antwort verpasst er ihr eine Ohrfeige.

Damit hätte sie rechnen müssen.

Und dann wird alles ganz still, kein einziges Auto fährt mehr vorbei. Irène und Papa stehen sich eine ganze Weile lang von Angesicht zu Angesicht gegenüber, ohne ein Wort zu sagen.

Papa steigt wieder in seinen Wagen, Irène wartet, bis er weggefahren ist und das Motorengeräusch in der Ferne verebbt.

Irène steigt auch wieder ein, sie klappt die Sonnenblende herunter und betrachtet sich im Spiegel, betastet ihre feuerrote Wange, auf der sich Papas Finger abgezeichnet haben. Wortlos lässt sie den Motor an, löst die Handbremse, legt den ersten Gang ein. Als würde ich gar nicht neben ihr sitzen, als würde es mich gar nicht geben.

Wir parken vor meinem Haus. Irène lehnt an der Autotür und spricht mit mir. Ich würde gern hinaufgehen, mich hinlegen, ich spüre, dass das Fieber steigt, aber ich muss mir Irènes verrückte Ideen anhören.

»Sein Blick, als er mich geschlagen hat«, sagt sie, »dieser harte Blick auf mir. Jetzt verstehe ich. Verstehe, warum. Daran, wie er meinem Blick ausgewichen ist, und an seinem Tonfall habe ich in diesem Augenblick gemerkt, dass alle gelogen haben. Papa, Catherine. Schon immer. Die Erwachsenen haben uns angelogen. Dessen bin ich mir nun sicher. Sie wollten uns etwas verheimlichen. Dass unsere Mutter schon schwanger war, als sie Albert geheiratet hat. Schwanger von diesem Rechtsanwalt. Ich bin mir jetzt sicher. Ich bin nicht Alberts Tochter. Ich bin die Tochter des anderen, des Anwalts.«

Ich bitte Irène, sich zu beruhigen, sie sei wohl wütend, aber deshalb müsse sie noch lange nicht all diesen Unsinn erfinden. Ich öffne die Wagentür, um ihr zu bedeuten, dass sie mich jetzt gehen lassen soll, aber Irène ignoriert es.

»Seine Eigenartigkeit. Seine Härte mir gegenüber. Seine ständige Enttäuschung. In meinem Innern habe ich mir immer schon gedacht, dass ich anders bin als ihr. Ihr seid beide Linkshänderinnen, beide Linkshänderinnen. Wie er. Ich nicht. Jetzt begreife ich es. Verstehe, warum. In den Sommerferien sagte Großmutter einmal zu mir – Charlie war gerade auf die Welt gekommen: ›Ich liebe dich so sehr.‹ Aber sie hat es in so einem komischen Tonfall gesagt, als würde sie mir damit lediglich einen Gefallen tun. Jetzt verstehe ich, warum. Ich bin nicht seine Tochter, ich bin nicht ihre Enkelin. Ich habe nichts mit ihnen gemeinsam. Charlie ist sein Ebenbild, in allem. Auch du ähnelst ihm, hast den gleichen Charakter, bist die leibliche Tochter deines Vaters. Aber ich habe nichts von ihm. Jetzt weiß ich, warum. Und sie wusste es schon immer, Catherine, diese blöde Schlampe. Schon immer. Sie hat es ausgeplaudert. Und jetzt beißt sie sich dafür in den Hintern. Wie lange wollten sie ihr Geheimnis denn noch für sich behalten? Geheimnisse leben nicht lange, man meint immer, die Wahrheit sei schwer auszusprechen, aber das stimmt nicht, die Leute sehnen sich geradezu danach, die Wahrheit zu sagen. Sie rennen zum Erstbesten und sagen, was Sache ist. Catherine hat sie uns ins Gesicht geschrien, die Wahrheit. An meinem Geburtstag. Aber es hat ein paar Wochen gedauert, bis wir es begriffen haben. Keine von uns hat reagiert. Drei Schwestern – nichts gesehen, nichts gehört.«

Ich legte mich gleich hin, als ich zu Hause war, ich habe keine Ahnung, wie spät es jetzt ist. Die Nacht und die Krankheit drücken mich nieder. Meine Glieder sind schwer, bleischwer, vielleicht habe ich Fieber. Ich weiß nicht, ob mir heiß ist oder kalt.

Ich müsste meinen Vater anrufen, damit er mich beruhigt, damit er mir sagt, es sei nicht schlimm. Aber ich kann nicht, nicht nach all dem, was gerade mit Irène vorgefallen ist. Um mir Mut zu machen, rede ich mir lieber ein, dass ich ihn anrufe. Ich stelle mir vor, wie er, mein Vater, über seine kleine Tochter wacht. Er muss sich noch immer um uns kümmern. Also rede ich mit ihm.

Ich frage ihn, was für Kinder er sich gewünscht hat.

Oft sage ich mir, wir sind gar nicht die, die er wollte. Wir, die drei Töchter. Und ich stelle mir andere Kinder um uns herum vor, wie geisterhafte Dschinns, die sich über die Unvollkommenheit von uns Mädchen lustig machen.

Ich beschwöre sie herauf und bin eifersüchtig auf diese zarten, wesenlosen Kreaturen. Ich erinnere mich, dass es für dich ganz leicht war, Vater zu sein, als wir Kinder waren. Du warst uns nahe, hast gern mit uns gespielt, uns abends Geschichten vorgelesen und zugesehen, wie wir heranwuchsen. Zwischen uns war damals alles ganz einfach. Ich frage mich oft, warum es für dich so schwer war, zuzusehen, wie wir Frauen wurden. Aus den kleinen verhätschelten Tierchen wurde auf einmal eine andere Spezies. In einem anderen Lebensumfeld. Unzüchtige Wesen. Die dein Haus und deinen Arbeitsplatz überrannten. Als hätten wir, indem wir Frauen wurden, jegliches Interesse an dir verloren. Hättest du Söhne gehabt, wärst du glücklicher gewesen. Das Leben wäre für dich sehr viel leichter gewesen.

Ich stehe auf und nehme ein Aspirin. Es ist die letzte Tablette. Bevor ich das Wasser trinke, beobachte ich lange die Blasen, die an der Oberfläche zerplatzen, Hunderte Bläschen. Das Wasser ist so kalt, dass es in meinem Inneren zusammen mit der Hitze meines Körpers brennt. Irènes Stimme hallt in meinem Kopf wider, ihre wahnwitzigen Sätze, die Wahrheit, sagt sie immer wieder, die Wahrheit brennt langsam wie eine Lunte, wie diese Schmerzen, die erst nach Bruchteilen von Sekunden im Gehirn ankommen, die Wahrheit, langsam wie eine Lunte, der Weg vom Streichholz zur Explosion ist lang, es kann Jahre dauern, Bruchteile von Sekunden können Jahre dauern.

Um Irènes Stimme zu vertreiben, nehme ich den Schwangerschaftstest zur Hand, den ich gestern in der Apotheke gekauft habe. Wenn ich lange überfällig bin, muss ich das machen. Wenn ich dann das Ergebnis ablese, nachdem ich auf den blauen Strich gewartet habe, der nicht erscheint, bekomme ich meine Regel normalerweise gleich, noch in derselben Stunde oder in der darauffolgenden Nacht. Das funktioniert immer. Manchmal genügt es schon, dass ich nur in die Apotheke gehe und den Test kaufe, dann kommt meine Regel noch auf dem Nachhauseweg.

Ich drehe den Wasserhahn auf, halte den Finger unters Wasser, damit der Urin kommt.

Automatisch nehme ich den Stab und pinkle darauf.

Ich warte eine Weile. Ein blauer Strich. Ein blaues Kreuz.

Ich bin schwanger.

Weihnachtsabend

Sie wünschen mir frohe Weihnachten, zwei scheu lächelnde Gesichter auf der Türschwelle. Mathieus Eltern kommen auf mich zu, um sich von mir zu verabschieden, aber ich strecke ihnen die Hand hin und weiche zurück aus Angst, sie könnten mich berühren. Ich will nicht, dass sie mich in den Arm nehmen. Ich wünsche ihnen eine gute Reise – die Psychologin hat ihnen geraten, über die Feiertage zu verreisen, so weit weg wie nur möglich. Ihre Koffer stehen gepackt im Flur, sie haben sich für China entschieden. »Weil er immer davon geträumt hat, nach China zu gehen.« Ich weiß nicht, was ich sagen soll. Ich finde das idiotisch, China.

Sie, die Mutter, mit ihrem Gesicht, das sich abwendet, sobald man sie anblickt, wirkt so anders als an jenem Abend, als ich sie in der Wohnung sah. Als wäre sie nicht dieselbe Person. Der Vater ist groß, man sieht nur das – dass er groß ist, zu groß, um gelbe Hemden zu tragen, das Gewebe brennt sich groß und grell in die Netzhaut ein.

Die Eltern haben Verständnis für meine rationale

Entscheidung, das Kind nicht zu bekommen. Wir haben uns nicht für dieses Kind entschieden, wir haben noch nicht einmal über dieses Thema gesprochen, ich war vorsichtig und habe die Tage gezählt.

Ich erkläre ihnen: Der Gynäkologe sprach von einer »verzögerten und außergewöhnlichen Ovulation« am 29. Oktober, dem sechsundzwanzigsten Tag meines Zyklus.

Ich füge hinzu, dass wir gemeinsam dieselbe Entscheidung gefällt hätten, ja.

Im Wohnzimmer sitze ich dem Vater gegenüber, ich sehe ihn nicht an, ich glaube, meine Anwesenheit macht ihn verlegen. Die Mutter hört mir ein wenig zerstreut zu. So blass, als ich das Datum des Eisprungs erwähne, dass ich sehe, wie ihr das Blut ins Gesicht schießt. Erst dann begreife ich: der 29. Oktober.

Wie kommt es, dass mir das nicht schon früher aufgefallen ist?

Jedes Mal wenn ich versucht habe, mich an den Tag des Unfalls zu erinnern, verschwamm alles in meinem Kopf. Die Tage und Wochen schwirrten nur so umher wie damals, als ich klein war und Matheaufgaben lösen musste.

Ich musste also erst Mathieus Eltern treffen, um zu begreifen, dass ich nur wenige Stunden vor seinem Tod eine »außergewöhnliche Ovulation« hatte.

Ich sage ihnen, den Eltern, dass es ungerecht sei, einem Kind, das keinen Vater hat, das Leben zu schenken. Ich erzähle ihnen von der Krankheit meiner Mutter und wie ich und meine Schwestern von unserem Vater großgezogen wurden. Sie machen verständnisvolle Mienen, aber ich sehe ja, welchen Schmerz ich ihnen verursache.

Sicherlich wegen dieses Schmerzes, für den ich mich verantwortlich fühle, spreche ich von der Beerdigung: Wie ich Tag und Stunde aus der *L'Union* erfuhr, wie ich hinging, allein, und wie ich anonym an der Trauerfeier für den Mann teilnahm, dessen Kind ich heute unter dem Herzen trage.

Bestimmt wollte ich, dass sie sich dafür schuldig fühlen. So wie ich, die sie mir mit ihren Blicken auf meinen Bauch die Schuld für eine Situation geben, die ich nicht gewollt habe. Sie sollen Mitleid mit mir haben, weil sie mich an jenem Tag nicht in ihre Mitte aufnahmen, so wie ich Mitleid mit ihnen habe, weil ich ihnen nicht den Enkel schenken kann, den sie gern hätten, um mit der Situation fertig zu werden.

Damit wir gleichermaßen, die einen gegenüber den anderen, schuldig und zu Dank verpflichtet sind. Und dass dies der Beginn von so etwas wie einer Familienbande ist.

Ich mache das Licht im Treppenhaus an, denn es ist bereits dunkel. Ich laufe zum Aufzug, bin froh, dass ich gehen und Mathieus Eltern weit hinter mir lassen kann, in ihrem Flieger nach China.

Seit heute Morgen habe ich schreckliche Bauchschmerzen; ich öffne den Hosenknopf, bevor ich noch an der Aufzugstür bin, entspanne meinen Bauch mit einem Atemzug, dann meinen Hintern, indem ich mir vorstelle, all die Luft entweichen zu lassen und meinen Magen zu befreien.

Als ich den Aufzugsknopf drücke, drücke ich auf meinen Magen, damit die Faulgase sich verflüchtigen und ich mir Erleichterung verschaffe.

Doch damit verflüchtigt sich auch alles andere. Alles.

Als das Aufzugslicht langsam näher kommt und schließlich vor mir haltmacht, kann ich einfach nicht mehr an mich halten; dünnflüssig bahnt sich die Scheiße ihren Weg, ich muss die Treppe nehmen, denn ich fürchte, jemand könnte in einem unteren Stockwerk in den Aufzug steigen und müsste in einem so engen Raum den Gestank von Exkrementen ertragen.

Doch ich muss vorsichtig sein auf der Treppe, muss auf die Bewegungen meiner Beine achten, denn die heiße Brühe läuft mir langsam an den Schenkeln hinunter, kitzelt mich an den Waden, während sie allmählich direkt von den Knien herabfließt wie kleine Schnecken, die über mich hinweggleiten und eine schmutzige, glänzende Spur hinter sich herziehen.

An den Knöcheln halten die Schnecken an und bilden große Tropfen an den Rändern meiner Schuhe.

Vor dem Auto frage ich mich, wie ich nun nach Hause fahren soll. Wenn ich mich auf den Fahrersitz setze, wird der flüssige Dreck durch meine Kleider dringen und den Stoffbezug besudeln.

Ich muss zu Fuß nach Hause gehen.

Ich lief lange, lange und dachte an dieses Ding in meinem Bauch, zu dem ich gesagt habe, nein, du bist kein Geschenk, ich will dich nicht, ich nehme dich nicht, ich habe dich mir nicht ausgesucht, ich wünsche mir ein anderes, später, das mehr Glück haben wird als du; das ist ungerecht, aber du hast einen zu schlechten Start im Leben, hast wirklich kein Glück. Nie wirst du die beleuchteten Schaufenster in der Rue de Vesle sehen, weder die Holzbuden und -krippen noch den Weihnachtsschmuck auf der Place Drouet d'Erlon, nie wirst du den Duft heißer Maronen vor den Kaufhäusern riechen, wenn du die Arme voller Taschen hast, auch nicht den leicht fettigen Geruch der Schokoladenbiskuitrolle unterm Christbaum.

Denn du hast wirklich kein Glück als Kind, das am Tag seiner Zeugung den Vater verloren hat. Dein Leben fängt schlecht an. Und Unglücksraben wie du haben in dieser Welt keine Überlebenschance.

Über all das dachte ich nach, so intensiv, dass ich darüber die Scheiße vergaß, die mir am Hintern klebte. Und ich dachte: Du scheißt dich voll, verdammter Mist, in deinem Alter scheißt du dich voll, ist es denn die Möglichkeit? Passiert das auch anderen, und sie reden nie darüber? Zu Hause habe ich alles in den Mülleimer gestopft, Unterhose und Hose.

Ich nahm eine ausgiebige heiße Dusche, ließ das Wasser lange über meine Brüste laufen, die prall und voll sind. Ich frage mich, ob sie danach wohl gleich wieder abschwellen. Ich muss mich beeilen, muss zu Irène und ihr bei den Festvorbereitungen helfen.

In den Jahren vor Catherines Einzug in Épernay holten wir drei Schwestern immer auf dem Speicher die großen Kupferwannen mit dem Weihnachtsschmuck. Papa half uns, sie hinunterzutragen. Warm in unsere Mäntel eingehüllt, schmückten wir die Tanne im Garten mit Glaskugeln und Lichterketten. Zuerst stieg Papa auf die große Leiter und steckte einen Stern aus geflochtenem Stroh, den er von einer seiner Messen in Aix-en-Provence mitgebracht hatte, auf den Wipfel.

Dann hängten wir die blauen Kugeln mit Schneeimitat auf, brachten die Vögel aus weißem Filz in ihren Nestern und die bunten Lichterketten mit den runden Lämpchen an, die nachts leuchteten. Danach tranken wir in der Küche heiße Schokolade, und Papa zündete das Feuer an.

Doch seit Catherine in Épernay wohnt, schmückt sie den Weihnachtsbaum.

Jedes Jahr bittet sie Charlie zu kommen und ihr zu helfen. Und jedes Jahr geht Charlie hin und hilft ihr mit dem Baum, den wir früher zu dritt schmückten. Ich weiß auch, dass Charlie Catherine bittet, uns nichts davon zu sagen. Doch eines Tages hat Papa es mir verraten.

Kaum war ich bei Irène, sagte sie zu mir: »Hier stinkt es.« Ich fürchtete, ich sei es, aber der Geruch kam aus ihrer Küche, ein ekelerregender Gestank.

Wir brauchten einige Zeit, um herauszufinden, woher er kam, wir dachten nicht gleich an die Spüle. Irène war sauer, denn: »Diese Scheiße muss natürlich an Weihnachten passieren!«

Ich kann ihr nicht sagen, dass mir übel ist, denn sie soll nicht wissen, dass ich abtreiben werde. Ich wünsche mir, dass dieser Abend ein richtiges Weihnachtsfest wird, bei dem wir alle drei das Essen in Irènes Küche kochen – Irène, die Listen gemacht hat, was man einkaufen muss, was man erledigen muss, was man nicht vergessen darf, welche Geschenke man besorgen muss, Listen über Listen, die sie an alle verteilt. Das ist das Beste an Weihnachten: diese zwei, drei Stunden, für die sich der ganze Mist wirklich lohnt, weil das alles ganz unglaublich ist, die Vorstellung, dass man Schwestern hat, mit denen man am Heiligen Abend in der Küche reden kann.

Jean-François ruft an und fragt, ob er statt zwei Magnumflaschen Veuve Clicquot eine Jeroboam Ruinart rosé nehmen soll und statt eines Brie einen Coulommiers. Irène regt sich über ihren Mann und über das offene Fenster auf. Sie sagt, hier in der Küche sehe es aus wie auf einem Schlachtfeld, mit all den Einkäufen, den Flaschen, dem Besteck, dem ganzen Weihnachtsscheiß, und jetzt ziehe es auch noch wie am Nordpol. Außerdem hasse sie Weihnachten, die Kinder seien schon seit zwei Wochen völlig aus dem Häuschen. Und dann das Auspacken der Geschenke, die Umschläge mit Geld, all das sei widerlich, sie könne kotzen.

»Wenn ich den Stapel Geschenke sehe, die im Schrank versteckt sind – ohne die von Papa mitzuzählen, der die ganze Stadt leer gekauft hat –, würde ich am liebsten alles in den Müll werfen, nur um das Gesicht der Kids zu sehen. Ich bin sicher, das würde ihnen guttun. Und eins kann ich euch auch sagen: Truthahn, Maronen, Biskuitrolle – ich kann das Zeug nicht mehr sehen. Basta. Also, statt Alberts gerösteter Mandeln gibt es Wellhornschneckentatar zum Aperitif. Der gefüllte Truthahn ist heute ein Wildhase im Teigmantel, und zum Nachtisch gibt es Gewürzkuchen statt Mokkabiskuitrolle, die allen schwer im Magen liegt. Das ist norwegisch. Und wenn Albert etwas daran auszusetzen hat, soll er eben mit den Kindern Hacksteak essen. Zu allem Überfluss schleppt er uns ja schon Catherine an.«

Als Irène sagte: »Zu allem Überfluss schleppt er uns ja schon Catherine an«, hat sie mir tief in die Augen geblickt. Aber ich habe heute Abend keine Lust, über Catherine herzuziehen, die zum ersten Mal seit vierzehn Jahren an Weihnachten nicht allein in Épernay bleibt, sondern zu uns kommt.

Außerdem nervt es mich, dass Irène »Albert« sagt, wenn sie von Papa spricht. Da ich nicht reagiere, schnappt sie sich einen Lappen, stopft ihn in den Ausguss und schließt das Fenster. Sie macht den Mund auf und haucht in die Luft, um mir zu zeigen, dass es in der Küche so kalt ist, dass sich Atemwölkchen bilden.

»Albert«, fährt sie fort, »hat vor ein paar Tagen angerufen und angekündet, dass Catherine, anders als in den vergangenen Jahren, mit uns zusammen Weihnachten feiern wird. Dass diese Einladung eine Geste sei, auf die sie schon lange wartet, dass es schlimm für sie sei, jedes Jahr an Weihnachten allein in Épernay zu sitzen, dass man sich von Zeit zu Zeit auch mal in sie hineinversetzen müsse. Und dann hat er, gerissen wie ein Affe, gleich dazugesagt, wenn Catherine ihn eines Tages verlässt und er allein bleibt ohne eine Frau, die sich um ihn kümmert wie eine Krankenschwester, sei das ja gar nicht so schlimm, schließlich müsse er sich in seinem Alter seine Unabhängigkeit bewahren, und er habe ja drei wunderbare Töchter, die mit den Einkäufen und dem ganzen Rest gewiss für ihn sorgen würden. Da habe ich gesagt, okay, Albert, lade Catherine ein.«

Irène dreht sich zu mir um, blickt mich an und lächelt voller Genugtuung. Es regt mich auf, dass sie sich immer aufspielen will, und ich frage sie: »Was ist denn das für eine neue Mode, dass du Papa nun ›Albert‹ nennst?«

Irènes Gesichtsausdruck ändert sich auf einen Schlag. Ich kenne niemanden, der so schnell ein anderes Gesicht aufsetzen kann wie Irène. »Ich gehe davon aus, dass er mit Sicherheit nicht mein Vater ist«, sagt sie, während sie die Büfettschublade aufzieht und ein Päckchen Mentholzigaretten herausholt, sehr feine

Zigaretten, die meine Schwester nur zu ganz besonderen Anlässen raucht. Sie wirkt nun so selbstzufrieden, dass ich sie dafür hasse, mir Weihnachten zu verderben.

»Ich habe mich mit dem Anwalt verabredet«, sagt sie, während sie ungeschickt ihre Mentholzigarette anzündet. »Dem Rechtsanwalt. Dem von Maman. Ich habe mithilfe der Namen auf der Rückseite der Fotos Recherchen angestellt. Ich habe zwei Anwälte in Paris gefunden, Vor- und Nachname stimmen je mit den Namen der Mitschüler überein. Beim ersten rief ich an, seine Sekretärin war am Telefon. Ich sagte, ich will einen Termin bei Maître Privat für Martines Tochter. Martines Tochter, mehr habe ich nicht gesagt. Am nächsten Tag rief mich die Sekretärin zurück und gab mir, ohne weitere Fragen zu stellen, für den 31. einen Termin, danach sei er einen Monat nicht in der Kanzlei, sagte sie.«

Ich frage sie, warum sie sich das alles einredet und irgendwo ein Geheimnis vermutet, wo keines ist. Aber Irène ist stur, sie ist sich ihrer selbst sicher. Wenn da nichts dran sei, hätte ihr die Sekretärin doch keinen Termin gegeben, nur auf die Ansage hin: Martines Tochter. Ich kann darauf nichts entgegnen, sie hat recht. Zufrieden schlägt sie vor, eine Flasche Wein aufzumachen, auch wenn es noch ein bisschen früh ist, aber das wird uns aufmuntern. Dann sagt sie, ich solle ihr die Zitronen geben. »Welche Zitronen?«, frage ich, denn wegen allem, was seit heute Morgen passiert ist, habe ich die Nachricht nicht abgehört, die sie mir auf Band gesprochen hatte. Irène geht in die Luft: Jean-François und sie würden für sieben Personen ein Festessen organisieren, ein Menü, das sie seit zwei Wochen vorbereiten, und ich, ich würde nicht mal ihre Nachricht abhören.

Ich schlage vor, im Feinkostgeschäft in der Rue du Trésor schnell ein Dutzend Zitronen zu holen.

Aber der Laden in der Rue du Trésor ist schon geschlossen, also gehe ich in die Rue de Vesle. Es gibt nur noch drei Zitronen. »Wegen der Meeresfrüchte, verstehen Sie?«, sagt die ältere Dame. Sie bietet mir zwei grüne, verschrumpelte Zitronen an, die sie für ihre Tochter zurückgelegt hat. Es ist verlockend, aber ich lehne ab, ich kann ja nicht guten Gewissens einer Fremden etwas wegnehmen, nur weil meine ältere Schwester mich wegen irgendwelcher Zitrusfrüchte terrorisiert. Früher waren es die Socken. Allein der Anblick eines Paars ihrer Burlington-Socken an meinen Füßen konnte sie in rasende Wut versetzen. Zitronen. Socken. Immer gerät sie wegen völlig unbedeutender Dinge vollkommen außer sich.

Ich frage mich, was sie sich von dem Treffen mit diesem Mann verspricht. Warum erträumt sie sich einen anderen Vater als unseren? Wir sind ihm doch so ähnlich.

Wie der Anwalt wohl aussieht? Er müsste auf der Beerdigung unserer Mutter gewesen sein, da waren so viele Leute, die wir nicht kannten, so viele trauernde Menschen, die wir noch nie gesehen hatten, die einer ganz eigenen Parallelwelt angehörten, einer Welt, in der unsere Mutter ohne uns lebte. Diese Leute kannten unsere Mutter so gut, dass es uns verstörte, dennoch hatten wir sie nie gesehen und werden sie auch nie wieder sehen. Ich hätte mir nie vorstellen können, dass darunter ein Mann war, der unsere Mutter geliebt hat – das, niemals.

»In dem Rezept steht: zwölf Zitronen. Nicht drei – zwölf. Das ist ja wohl ein Unterschied. Und was geht denn uns das an, wenn sie dir ihre grünen Zitronen verkaufen will? Für ihre Tochter wird ja wohl nicht die Welt untergehen, schließlich hat die arme Frau sie dir angeboten, wahrscheinlich wäre sie froh gewesen, wenn sie ihre fauligen Zitronen losgeworden wäre.«

Ich sage zu Irène, sie sei meinetwegen wütend und nicht wegen der Zitronen, weil ich nämlich nicht ihrer Meinung bin wegen der Sache mit dem Anwalt und weil es mir piepegal ist, dass Catherine heute Abend mit uns isst.

Nein, überhaupt nicht, gibt Irène zurück, sie sei genervt, weil es schon spät ist, weil Charlotte wie üblich unpünktlich ist und man sich nicht auf sie verlassen könne, weil sie, Irène, ein Weihnachtsessen für die ganze Familie kochen müsse. Und sie habe nicht die Absicht, mit mir zu streiten, schließlich brauche sie mich ja noch. Aus dem Kühlschrank holt sie feuchte Plastiktüten, nimmt eine Handvoll Wellhornschnecken nach der anderen heraus und zeigt mir, wie man den Gehäusedeckel öffnet, bevor man das Tier herauszieht und es in Zitronensaft beizt.

Schweigend machen wir uns an den Schnecken zu schaffen – ich traue mich nicht zu fragen, ob die Tiere noch leben. Dann frage ich Irène, warum sie so unnachgiebig mit ihm sei, was er ihr denn überhaupt getan habe, dass sie ihn nicht mehr Papa nennen will.

Irène erklärt, sie sei unnachgiebig mit Albert, weil er es auch mit ihr gewesen sei, sehr viel mehr als mit uns. Weil sie die Erste gewesen sei, die ihn angesehen hat. Und für einen Vater sei der Blick seiner ältesten Tochter unerträglich. Sie sagt, sie habe ihm Angst gemacht, seit sie zwölf, dreizehn Jahre alt war. Und sie verstehe überhaupt nicht, warum. Er habe gesagt, er hätte keine Kontrolle mehr über sie. Irène sagt: »Das war nicht wegen dem Mist, den ich gebaut habe. Denn ganz ehrlich, wenn man es sich rückblickend überlegt, gibt es ja wohl schlimmere Vergehen, als mit sechzehn einen Joint zu rauchen und nach drei Gläsern Bier betrunken heimzukommen, oder? Trotzdem hatte ich das Gefühl, dass ich reif war für ein Heim für Schwererziehbare.« Sie sagt, in Wahrheit sei es ihr Blick gewesen, den er unter Kontrolle haben wollte. Denn sie habe alles gesehen, und Catherine habe sie vor allen anderen kommen sehen. Irène fügt hinzu: »Du siehst, das hat nichts mit dem zu tun, was ihr erlebt habt. Rein gar nichts. Das ist etwas ganz anderes.«

Ich weiß nicht recht, was ich dazu sagen soll, und anstatt mir wie sonst eine Antwort zu verkneifen, sage ich, was ich ihr eigentlich verschweigen wollte. Vielleicht weil es der schlechteste Moment war, ihr die Neuigkeit zu verkünden. Oder auch aus einem anderen Grund, der sich mir aber entzieht.

Irène beugt sich, mit dem Rücken zu mir, über ihre Mayonnaise, die einfach nicht fest werden will. Sie hat den elektrischen Schneebesen ausgeschaltet, dreht sich zu mir um und wiederholt: »Du bist schwanger?«, ohne auf die Drahtschlaufen ihres Geräts zu achten, von denen Öl auf den Küchenboden tropft. Nervös wischt sie die Fliesen ab und fragt, was ich nun tun wolle.

Und ich dachte, ich dürfte mich von ihrer Freude nicht anstecken lassen. Ich dachte, ich müsste ihr erklären, warum ich dieses Kind nicht haben will, und nun fliegt diese Frage durch die Luft wie eine Beleidigung, die eigentlich ich ihr zurückgeben wollte.

Ich tue so, als hätte ich sie nicht verstanden, und um sie in Verlegenheit zu bringen, bitte ich sie, mir zu erläutern, was sie mit ihrer Frage meinte. Peinlich berührt geht sie zur Spüle und hält den verschmierten Schneebesen unters Wasser. Sie druckst herum, aber ich falle nicht darauf herein und wiederhole meine Frage: Wie hat sie das gemeint? Irène nutzt das Geräusch des laufenden Wassers, das meine Stimme übertönt, um mir nicht antworten zu müssen.

Ich begreife, dass diese Nachricht sie ihn Wahrheit ärgert. Als würde ich ihr dadurch etwas wegnehmen. Und ich war so sicher, dass sie sich freuen würde. Meinte sie etwa, sie bliebe die einzige Mutter in dieser Familie? Wollte sie diese Vormachtstellung für immer behalten? Irène legt mir dar, dass ich nicht egoistisch sein dürfe, dass ich an das Kind denken müsse, das schon von Geburt an keinen Vater hat. Denn es sei schrecklich, seinen Vater nicht zu kennen – und: »Ich weiß jetzt, wovon ich rede.«

Ich sehe sie an, sie widert mich an. Ihre Dummheit und ihre Undankbarkeit verursachen mir Brechreiz. »Du bist ja vollkommen übergeschnappt«, sage ich und verlasse die Küche.

Vor lauter Übelkeit und Erschöpfung lege ich mich im Wohnzimmer aufs Sofa. Ich höre, wie Irènes elektrischer Schneebesen wieder die Mayonnaise schlägt, anhält, erneut arbeitet und dann endgültig stoppt. Nach einer Weile kommt Irène aus der Küche und setzt sich mir gegenüber in den breiten rosa Sessel aus ihrem Zimmer in Épernay. Kaum sitzt sie, blickt sie mich an, ihre Augen sind feucht. Ich frage sie, warum sie weine, sie sagt, es sei wegen der Mayonnaise. »Ich krieg das nie hin.« Dann lacht sie. Und ich auch.

Ich frage sie, ob sie sich erinnern könne, dass Großmutter einmal zu uns sagte, bei einer Frau, die ihre Regel hat, werde die Mayonnaise nicht fest. Ja, sie erinnert sich, damals waren wir ganz verlegen, es war so komisch und verwirrend, dass Großmutter so etwas zu uns sagte. Dann bittet sie mich um Entschuldigung, sagt, diese Neuigkeit habe sie durcheinandergebracht und glücklich gemacht und dass sie mich in der Küche wirklich brauche.

Ich schäle kleine Kartoffeln, während Irène den Teig für ihren Hasen vorbereitet. In der stillen Küche hört man von fern, von der Straße her, die Kapelle der *Comédie* Reims, die durch die Stadt marschiert und in der Kälte alte spanische Weisen spielt; über uns tönen die Schritte der Nachbarin. Ich denke an Papa, ich sage mir, dass er ganz anders gewesen wäre, wenn er Söhne gehabt hätte. Väter, die nur Töchter haben, genauso wie Mütter, die nur Söhne haben, bleiben für immer absolute Herrscher, Könige und Königinnen. Irgendetwas bleibt in ihnen zurück, das sich nicht in ihrer Nachkommenschaft auflöst.

Mütter vererben an ihre Töchter die nicht mehr wiederkehrende Jugend, Väter vermachen ihren Söhnen die Lebenskraft. Doch wem der Zufall diese Übertragung auf die Kinder nicht ermöglicht, dem bleiben diese Früchte seines Geschlechts für immer, er bewahrt sie sorgsam auf, doch am Ende verfaulen sie in ihm. Und wir, wären wir kämpferischer gewesen, hätten wir Brüder gehabt? Hätten wir die Männer besser verstanden, wenn wir mit welchen aufgewachsen wären? Wir fanden zu spät heraus, wie sie sind. Ich frage mich, was das Kind in meinem Bauch ist. Männlich oder weiblich. Im Moment ist es ein freudiges Leid, auf das niemand wartet. Und das man schnell vergessen muss.

Charlie kommt in die Küche gestürmt, ihre Wangen sind eisig, als wir sie küssen. Sie zieht die Wollmütze aus, ihre Haare springen hervor wie eine Clownsperücke. Sie entschuldigt sich für die Verspätung, ist ganz aufgelöst: Es ist ihr erster Heiliger Abend im Dienst, ihr Chef hat sie nicht gehen lassen. Während sie das Ende eines der Baguettes auf dem Tisch abbricht, sagt sie, wegen der Weihnachtsferien herrsche ja schon eine eigenartige Stimmung im Kontrollcenter, aber wegen der Protestbewegung gehe alles drunter und drüber. Sie tunkt ihr Brot in Irènes missratene Mayonnaise und sagt mit vollem Mund und noch immer um Atem ringend, dass durch den Streik alles anders sei. Zum Beispiel nickten ihr Leute, die sonst nie mit jemandem sprechen, komplizenhaft zu, wenn sie ihnen begegnet. Irène bringt die Baguettes außer Reichweite von Charlie, die findet, die Mayonnaise schmecke komisch, und fragt, ob sie etwas anderes knabbern könne, weil sie nicht zu Mittag gegessen hat. Irène seufzt, und Charlie erzählt weiter von den Leuten in der Wartungsabteilung, die ihr geraten hätten, in die Gewerkschaft einzutreten. Sie wollte, dass sie ihr die Situation erklärten, weil sie wirklich überhaupt nicht begreift, was vor sich geht, aber sie haben nur zu ihr gesagt, das sei ziemlich kompliziert und sie würde es besser verstehen, wenn sie in der Gewerkschaft sei. Irène schneidet Charlie das Wort ab und fragt, ob sie wegen Catherine Bescheid wisse. Charlie wird rot, als hätte man sie ertappt, und sagt, ja, Papa habe sie gestern angerufen und sie angemeckert, weil sie wegen all der armen Leute, die nun, am Heiligen Abend, fernab ihrer Familien auf den Flughäfen festsitzen, ihrem Beruf keine Ehre mache. Und anschließend habe er noch gesagt, dass Catherine heute Abend mit uns essen werde.

Als Jean-François vollbeladen mit Einkäufen nach Hause kommt, bin ich gerade allein in der Küche und schlage Mayonnaise, Irène und Charlie sind im Keller. Jean-François nutzt den Augenblick und fragt mich besorgt, was wohl Albert vom heutigen Menü halten wird. Ich zucke mit den Schultern und sage, es sei gut, von Zeit zu Zeit mal etwas anderes zu machen. Dann schnappt er sich eine Wellhornschnecke, schüttelt sie über seinem Kopf und schreit auf, als würde ihn ein Monster angreifen. Doch genau in diesem Moment, als Jean-François mit den Schnecken spielt, kommen Irène und Charlie zurück, und meine große Schwester sagt gleich zu ihrem Mann, er solle seine Einkaufstaschen woanders abstellen. »Wo denn?«, fragt er und sieht sich verzweifelt um. Dann sagt er: »Ich habe gerade einen toten Hasen auf der Anrichte gesehen.«

Ja, das sei der Hase ohne Teigmantel, sagt Irène, und wem das nicht passe, der könne anderswo essen. Charlie schlägt vor, Musik aufzulegen, aber Irène sagt, dabei könne sie sich nicht aufs Kochen konzentrieren, und Charlie dreht sich mit großen Augen zu mir um. Dann fragt Irène ihren Mann, wie das Mittagessen bei seinem Vetter gewesen sei. Anstatt zu antworten, entkorkt mein Schwager eine Flasche Wein, und das Gluckern des Weins, der in die Karaffe gegossen wird, soll ankündigen: Ich muss dir etwas Fürchterliches gestehen. Und während er sich weiterhin auf den Wein konzentriert, stammelt Jean-François, dass es seinem Vetter Emmanuel wegen der Scheidung sehr schlecht gehe, seine Frau sei gegangen, ohne eine Adresse zu hinterlassen, und habe sich einer Sekte für die Verbreitung der instinktiven Ernährung angeschlossen, also habe er nicht umhin gekonnt, seinen Vetter und die Kinder für heute Abend einzuladen. Irène schlägt die Hände vors Gesicht, und wie aufs Stichwort klingelt es an der Wohnungstür.

Papa und Catherine kehren von einem Spaziergang mit den Kindern zurück. Als sie hereinkommen, schleicht sich die Kälte durch die Tür. Die Kleinen sind so süß mit ihren vor beißender Kälte geröteten Gesichtern und ihren schneeverklebten Wimpern. Noé brüllt wie am Spieß, weil man ihm den dicken orangeroten Overall ausziehen will, und Margot ist ganz aufgeregt, weil sie bei dem alten venezianischen Karussell in der Rue Condorcet den Weihnachtsmann gesehen hat.

Diese Kinder sind in einem derartigen Zustand der Erregung, dass ich Angst habe, sie könnten überschnappen. Papa kommt in die Küche, nimmt die Schüssel mit den Wellhornschnecken und hält sie sich unter die Nase. Er riecht daran, aber ich sage ihm, dass es die Spüle sei, die nach Kloake stinkt, nicht das Wellhornschneckentatar. Irritiert stellt er die Schüssel wieder hin und fragt mich, wo die gerösteten Mandeln seien, die traditionellen Mandeln, auf die er einmal im Jahr ein Recht hätte, und zwar an Weihnachten. Ich drücke mich, sage: »Frag Irène.«

Ich gehe hinauf in Irènes Zimmer, die mir eine Ruhepause zugestanden hat, aber Charlie reißt mich aus dem Halbschlaf, als sie laut die Tür aufmacht. Sie sucht Papier, Tesafilm, Schere, um die Geschenke für die Kinder zu verpacken. Während sie eine Schachtel Lego einpackt, beklagt sie sich, dass Noé anfängt zu weinen, sobald er sie sieht. Irène meinte, Charlies Neffe hätte wahrscheinlich weniger Angst vor ihr, wenn er sie öfter zu sehen bekäme. Ich stehe auf und nehme das Geschenkpapier, weil Charlie die Bogen zu klein schneidet und die Legoschachteln damit nicht richtig verpacken kann. Charlie betrachtet sich währenddessen im Spiegel, inspiziert ihren Haarschnitt und fragt mich, wie er mir gefalle. Ich sage, ihre Haare seien sicherlich der Grund für Noés Tränen; sie lacht sich schief und ich mich auch. Dann zeigt sie mir das Geld, das Papa ihr zugesteckt hat, damit sie heimlich, ohne dass Irène etwas davon erfährt, geröstete Mandeln kaufen geht. Sie sagt: »Ich habe Angst, dass Irène etwas merkt.« Dann sagt sie, Jean-François hätte die Augen aufgerissen, als sie ihn fragte, wo das Papier sei, mit dem sie die Geschenke verpacken kann, denn Margot glaubt noch an den Weihnachtsmann. Charlie meint, das sei wohl ein bisschen spät, mit sechs Jahren noch an den Weihnachtsmann zu glauben, und mir wird klar, wie unglaublich bösartig meine kleine Schwester trotz ihres Alters ist, weil sie es den Kindern nachträgt, sie von ihrem Nesthäkchenthron gestoßen zu haben.

Als Charlie weg ist, versuche ich, wieder einzuschlafen, und höre von Weitem das Hin und Her der Festvorbereitungen, das Kindergeschrei, die Schritte der Erwachsenen, und es tut gut, all das zu hören, ohne selbst dabei zu sein.

Ich schließe die Augen und spüre, wie meine Muskeln sich nach und nach entspannen. Dann spüre ich jemanden bei mir, ein Kind mit glattem Körper. Es spricht zu mir in seinem Inneren, und ich kann es hören, weil ich seine Mutter bin. Es sagt, es sei ein sehr starkes Kind, sehr viel stärker als die anderen, und es könne kommen und sich im Bett neben mich legen. Es nähert sich, beugt sich übers Bett, und ich bin von seiner kindlichen Schönheit überrascht. Als es seine Hände neben mir auf die Decke legt, finde ich sie riesig, Erwachsenenhände wie von einem kräftigen Mann. Seine Hände haben etwas Monströses, Unförmiges, aber das Kind sagt, das sei nicht schlimm, wenn es wachse, werde sein Körper sich allmählich der Größe seiner Hände anpassen, und dann wäre alles vergessen, ich müsse mir keine Sorgen machen, und es schlüpft neben mich, umschlingt meinen Bauch, um mir zu verstehen zu geben, dass es hier ist. Es fügt hinzu, dass ich auf es aufpassen müsse, denn es sei sehr viel stärker als alle anderen Kinder, sehr viel stärker. Dann sagt es, ich solle schlafen, wenn ich die Augen wieder öffnen würde, wäre ich sehr glücklich, ohne zu wissen, warum, ich würde vielleicht denken, geträumt zu haben, und diesen Traum würde ich in Erinnerung behalten.

Als Papa alle zu Tisch ruft, wache ich auf. Kaum im Wohnzimmer, habe ich das Gefühl, dass sich an der Atmosphäre irgendetwas verändert hat, und bin erstaunt über die vielen spielenden Kinder, mindestens fünf Kinder sitzen auf dem Teppich, ihre Köpfe sind viel zu nah an den Ecken des Couchtischs, so nah, dass mir schwindlig wird. Ich habe vergessen, dass Emmanuel kommen sollte, ich erkenne ihn kaum wieder, so sehr hat er abgenommen, so auffallend, dass seine alte Statur um ihn zu schweben scheint wie eine unsichtbare Blase. Trotz der Anwesenheit neuer Gäste, darunter auch Catherine, die sich weitestgehend im Hintergrund hält, habe ich den Eindruck, alle seien bereits erschöpft, weil sie wieder ein Stück aufführen müssen, das sie schon hundert-, ja tausendmal gespielt haben. Nur die Kinder scheint diese schale Komödie nicht zu ermüden, sie sind so aufgekratzt, dass es fast an Hysterie grenzt, und am liebsten würde ich sie alle am Kragen packen und unter die kalte Dusche stellen.

Es ist auf einmal sehr kalt. Irène meint, ein Fenster sei offen, und als sie wieder aus der Küche kommt, ist sie weiß wie ein Gespenst, man könnte sie für Maman halten, die in Épernay die Treppe herunterkommt; aus dieser Perspektive ist es unglaublich: wie ein Vexierbild – sie sieht aus wie unsere Mutter.

Ich frage sie, ob alles in Ordnung sei, sie antwortet: Ja, es geht schon, ich rauche nur kurz draußen eine Zigarette, es geht schon.

Alle merken, dass etwas nicht mit ihr stimmt, und Jean-François sagt, dass die Mädchen im Laden mindestens fünfzig Sträuße und fast ein Zehntel Tannenbäume weniger verkauft hätten als letztes Jahr; die Krise, fügt er mit Expertenmiene hinzu. Aber ich spüre sehr wohl, dass da noch etwas anderes ist, etwas Unheilvolles, das über unseren Köpfen schwebt. Plötzlich hört man von der Straße das laute Grölen eines Mannes, der sich ganz sicher betrunken hat, weil er heute Abend allein ist, und die Kinder von Vetter Emmanuel haben die Augen weit aufgerissen, weil sie sich sicherlich fragen, was sie mit so vielen Fremden am Heiligen Abend anfangen sollen.

Wir sitzen alle am Esstisch, Papa entzieht sich einer langweiligen Unterhaltung zwischen Emmanuel und Catherine und erzählt den Kindern die Geschichte des Erfinders der Maschine, die die Löcher in den Käse stanzt. Catherine, die überglücklich ist, am Weihnachtsabend bei uns sein zu dürfen, traut sich nicht, sich bemerkbar zu machen, wie ein junges Mädchen, das zum ersten Mal am Tisch der Erwachsenen sitzen darf. Sie bietet Irène ihre Hilfe an, aber meine Schwester bittet sie mit Nachdruck, sitzen zu bleiben. Ich stehe auf und gehe zu Irène in die Küche.

Irène ist stinksauer, weil niemand außer Emmanuel vom Wellhornschneckentatar genommen hat. Am liebsten würde sie alle aus dem Fenster schmeißen, sagt sie. Am liebsten wäre ihr, es sei schon morgen früh, mit den Kuchenresten, dem Geschenkpapier, den Aschenbechern, den Flaschen. Alles hinauswerfen, aufräumen, putzen, und das nächste Weihnachtsfest wäre weit weg. Dann sagt sie, Papa habe ihr vorgeworfen, die gewohnte Speisefolge geändert zu haben, und sie habe erwidert, er hätte dieses Jahr ja wohl als Erster die Gewohnheiten geändert, wegen Catherine.

Irène verstummt. Starrt zu Boden. Lange. Ich frage sie, an was sie denke, und ohne den Blick von dem gefliesten Küchenboden zu nehmen, sagt sie, nächstes Jahr wolle sie den Weihnachtsbaum mit Watte schmücken, ganz weiß, keine Lichterketten, Schluss mit Lichterketten.

Als ich mit Irènes Hase im Teigmantel ins Wohnzimmer komme, spüre ich, dass gleich etwas passieren wird, denn niemand spricht, und ich frage mich, warum dieser Weihnachtsabend so langsam aus dem Ruder läuft. Mein Herz fängt an zu klopfen, ich habe das Gefühl, dass Irène irgendeinen Unsinn von sich gegeben hat. Ich frage, ob alles in Ordnung sei, bekomme aber nur Noés Geplapper zur Antwort. Ich stelle die Platte auf den Tisch, Papa erhebt sich mit einem Glas Champagner in der Hand. Er spricht sehr laut, als säßen irgendwelche dreißig Leute am Tisch, und verkündet, er habe eine große Neuigkeit für uns, und darauf will er einen Toast ausbringen. Alle heben ihr Glas, ich auch. Ich mag das feierliche Geräusch der Stühle, die auf dem Parkett knirschen, bevor Stille eintritt.

Papa hat eine lange Rede gehalten und uns mitgeteilt, dass er und Catherine im nächsten Frühjahr heiraten werden. Im kleinen Kreis in Épernay, eine Kapelle wird spielen. Alle sollen sich weiß kleiden und einen Hut tragen. Wir haben miteinander angestoßen, das Klirren der Gläser, die aneinanderstießen, mischte sich in die Hochrufe und Glückwünsche von allen Seiten. Als Catherines und Irènes Gläser sich kreuzten, befahl Irène ihr, ihr direkt in die Augen zu blicken. »Damit es kein Unglück bringt«, sagte Irène in spöttischem Tonfall zu ihr, und mir war klar, dass man mit dem Schlimmsten rechnen musste.

»Du bist mir eine schöne Schlampe.«

Das sagt Irène in dem Moment, als sie mit Catherine anstößt, so heftig, dass der Rand von Catherines Glas einen Sprung bekommt.

Irène geht in die Küche, Papa befiehlt ihr zurückzukommen und sich wieder an den Tisch zu setzen, dann bittet er Jean-François, unverzüglich seine Frau zurückzuholen. Jean-François tut, was Papa verlangt, allen ist die Situation peinlich wegen Emmanuel und seiner Kinder, die uns nicht kennen. Papa entschuldigt sich bei ihm für das Verhalten seiner ältesten Tochter, was alles noch schlimmer macht und mir das Herz bricht wie den Rand von Catherines Glas.

Beide kommen wieder aus der Küche, Jean-François mit einem gezwungenen Lächeln und Irène ganz ruhig, was noch besorgniserregender ist, denn bei ihr weiß man nie, was kommt – stille Wasser, die sind tief. Währenddessen laufen der armen Catherine still Tränen über die Wangen bis zum Kinn.

Dann kam alles unverhofft und ging ganz schnell.

Irène setzte sich wieder an ihren Platz, nahm die Serviette und legte sie auf ihren Schoß. Dann stand Catherine auf; bei einem kurzen wütenden Zucken ihres Kopfes löste sich eine Haarsträhne. Ganz ruhig und unauffällig nahm sie ihr gesprungenes Weinglas, ihr noch volles Glas, und schüttete Irène mit einer kurzen, wunderbar beherrschten Bewegung den Inhalt ins Gesicht. Die rote Flüssigkeit überquerte wie ein aus dem Arm heraus geworfener Schal erst den Tisch und traf dann ihr Ziel ins Schwarze. Jean-François wich vom Tisch zurück, um nichts abzukriegen, Emmanuel saß mit offenem Mund da, die Kinder rollten mit den Augen, als hätten sie Kugeln in ihren Höhlen.

Alle sahen zu, wie der Wein langsam von Irène herabtropfte, von ihren Haaren ins Gesicht, auf Brust und Bluse. »Verdammte Scheiße!«, schrie Irène, dann fing sie an zu lachen; Charlie fiel ein, und nachdem ich meine Schwestern so blöd lachen hörte, konnte ich mich nicht beherrschen, und unser Lachen am Tisch klang wie ein Affront. Dann trat etwa eine halbe Minute lang eine herrliche Stille ein, nichts regte sich mehr außer dem Rotweinfleck, der sich langsam auf dem weißen Tischtuch ausbreitete. Ein Kind fing an zu weinen, dann brüllten auch die anderen los, als wären sie alle zu Tode erschrocken.

»In diesem Haus sind alle verrückt geworden«, sagte Papa, »ihr greift meine Frau an!« Und er sei noch nie in seinem Leben als Gast so schlecht behandelt worden, und das bei seiner eigenen Tochter. Irène schloss daraus, dass das Weihnachtsessen damit beendet sei, aber für Papa stand außer Frage, dass irgendjemand den Tisch verlässt, das Essen sollte in aller Ruhe und aller Feierlichkeit beendet werden. Wir seien den Kindern ein schlechtes Beispiel, fügte er hinzu.

Jean-François legte ganz sachte seine Serviette auf den Tisch, erhob sich, stand unserem Vater gegenüber und bat alle, freundlicherweise zu gehen. Das hätte niemand erwartet, dass Jean-François nicht nur eine Entscheidung trifft, sondern dass er sich dem Oberbefehlshaber auch noch derartig widersetzt. Überrumpelt, nahm dieser seine künftige Frau am Arm und sagte nur: »Wenn das so ist, gehen wir.« Vetter Emmanuel, der nicht mehr wusste, was er denken sollte, bot an, auch zu gehen, und Jean-François machte ihm ein Zeichen, ja, das wäre gut. Dann kamen Papa und Catherine noch einmal herein, in Mantel, Hut und Handschuhen. Mit der weißen Pelzmütze, die für ihren Kopf zu groß war, sah Catherine aus wie ein Nagetier im Schnee.

Nach dem Essen, das wir zu viert verbracht hatten, meine Schwestern, ich und Jean-François, beschloss Irène, dass die Kinder nicht bis zum nächsten Morgen warten müssten, um ihre Geschenke auszupacken. Der Weihnachtsmann würde seinen Zeitplan ändern und früher als erwartet kommen. Wir holten Noé und Margot aus ihren Zimmern, die Kinder trauten ihren Ohren und Augen nicht. Es war wirklich Weihnachten. Jean-François ging in den Keller, um die Sicherungen herauszudrehen, und wir erklärten den Kindern, die in ihren kleinen Schlafanzügen zu weinen anfingen, dass der Weihnachtsmann nur im Dunkeln ins Haus käme.

Als das Licht wieder brannte, gingen wir alle ins Wohnzimmer hinunter, und es gab ein entfesseltes Lachen und Weinen. Überall Geschenke, auf Sofas, Tischen, in Schuhen.

Nach der Schlacht brachte Jean-François die Kleinen ins Bett, und wir drei blieben inmitten von zerrissenem Papier, zerknüllten Umschlägen, Geschenkbandknäueln, Batterieverpackungen und zerdrückten Pralinen zurück.

Charlie und Irène lagen auf dem Sofa. Ich saß auf dem Boden zwischen einer voll eingerichteten Puppenküche und einem Barbieschloss. Da waren wir alle drei zusammen in Irènes Wohnzimmer, und diese Front, die wir gegen unseren Vater aufgebaut hatten, hat uns ohne Zweifel noch stärker zusammengeschweißt – als wären wir für eine Dummheit bestraft worden, die wir zusammen begangen hatten.

Dann bat uns Charlie, ihr von damals zu erzählen, als sie sich vom Weihnachtsmann »Putzsachen« gewünscht hatte. Das war ihr Traum, ein Kit mit Besen, Staubwedeln, Eimern, Schwämmen und vor allem einem Staubsauger. Papa war begeistert von diesem Wunsch, und Irène war aufgebracht über die Genugtuung unseres Vaters. Immer bittet uns Charlie zu erzählen, denn sie erinnert sich nicht, sie sagt, es sei, als wäre sie in den Körper eines fremden kleinen Mädchens geschlüpft. Als sei sie in die Familie ihrer Schwestern hineingeboren worden, nicht in ihre eigene.

Also erzählten wir ihr alles: von den Ostereiern,

die Charlie nie im Garten fand; vom schielenden Adrien, dem Nachbarsjungen, der ihr in den Schenkel biss, dass es blutete; von den Sanitätern in der Notaufnahme, die ihr Lachgas gaben, was sie dann auch zu Hause haben wollte; vom Besuch der Loireschlösser, wo sie sich auf der Toilette eingeschlossen hat; von den Schlitten, die wir in jenem berühmten Winter, in dem es so viel schneite, aus Müllsäcken machten; von dem Jahr, als Charlie und ich uns im Abstand von drei Tagen den Arm brachen; von Alf, dem Außerirdischen; von den Betreuern im Ferienlager in Volpone, die uns der Reihe nach antreten ließen und uns ohrfeigten; wie Charlie aussah, als ich eine Schere nahm und ihr den linken Rattenschwanz abschnitt; von Papas Verlegenheit, als wir beide anfingen zu weinen, weil sich im Bus ein Schwarzer uns gegenübersetzte; von ihrem Verschwinden am Strand von Saint-Raphaël; von den Wattebäuschen, die sie sich unter den Pulli stopfte, um uns glauben zu machen, ihre Brüste würden wachsen; von den *Placid-et-Muzo*-Comics, die wir beim Zeitungshändler an der Place Drouet d'Erlon kauften; *Die Rote Zora und ihre Bande,* bekannt im ganzen Lande …; von dem Tag, als Papa mit uns nach Paris fuhr, wo wir uns *Batman* ansahen und Charlie sich im Kino erbrach; von Douchka, Mickey und Donald, die ihr auf dem Kathedralplatz ein Autogramm gaben; von der Nacht, in der Charlie uns weckte, weil sie dachte, im Garten wären zwei Babys ausgesetzt worden; von Gabriel, dem man eine retinierte Hode aus der Leiste holen musste; von dem Portemonnaie mit dreihundert Franc, das Charlie fand; von meinen Tränen an jedem Geburtstag von Charlie, weil ich neidisch auf ihre Geschenke war; von ihrer Manie mit Haarbändern, Kinderbodys, dann waren Jo-Jos an der Reihe, *Panini*-Sticker-Alben und -Sammelhefte, für die man untereinander die Karten tauschte; von dem Deodorant »Garçonne« von Eau Jeune; von der Tontaube, die Charlie auf dem Schulfest schoss; von ihrer Begeisterung für Glocken; von Gabriels Tod; von den Papiertaschentüchern »Menthol«; von ihrer Jean-Jacques-Goldman-Kassette, die wir jahrelang suchten und nicht wiederfanden; von dem Tag, als Charlie fast das Wohnzimmer in Brand gesteckt hätte; oder als wir beim Doktorspielen eine Packung Aspirin schluckten; von dem Kinderarzt Monsieur Firon, der keine Schneidezähne mehr hatte. Aber es ist schon spät, und Irène meint, wir sollten im Wohnzimmer auf der Ausziehcouch unterm Christbaum schlafen. Dann könnten wir morgen früh zusammen mit den Kindern frühstücken.

Silvester

Irène bat uns, sie nach Paris zu begleiten; sie hat Angst, allein zu dem Termin mit dem Anwalt zu gehen, wir sollen im Wagen auf sie warten.

Die Kanzleisekretärin rief sie gestern an und verlegte den Termin von acht Uhr auf »Viertel vor« acht.

Ich musste also den Wecker früh stellen, wachte aber ein paar Sekunden vor dem Klingeln auf. Ich hatte geträumt, ich sei in Afrika, es war dunkel, und der Mond beschien mit einem fahlen Licht große, glatte Pfützen auf dem Boden. Mehrere Personen gingen vor mir her, ihre Silhouetten zeichneten sich im silbernen Glanz ab, das war schön, aber erschreckend zugleich, denn ich hatte Angst, in die Wasserlachen zu fallen, die sich wie Quecksilbermeere ausbreiteten. Wir waren zusammen zur Jagd aufgebrochen. Eine Kinderjagd. Es war spannend, zu warten, bis die Kinder losgelassen wurden. Ich wollte unbedingt eines schnappen, um ihm »etwas« anzutun. Plötzlich hing ein Satz in der Luft – es hatte jedoch niemand etwas gesagt –, es war der Satz: »Lasset die Kindlein zu mir kommen.« Das war das Signal für den Auftakt der Jagd.

Ich wachte auf. Kurz darauf klingelte der Wecker, und ich spürte, dass die Laken kratzten. Seit zwei Monaten habe ich keinen Nerv, sie zu waschen – seit Mathieu zum letzten Mal hier geschlafen hat. Ich stelle mir vor, wie Tausende seiner Zellen, die dort noch liegen, sich reproduzieren, vielleicht haben sie meinen Organismus mit etwas Krankhaftem infiziert, sodass ich so komische Sachen träume.

Charlie fährt, ich sitze neben ihr, Irène hat auf der Rückbank Platz genommen. Am Stadtrand von Paris verfahren wir uns. Charlie hat die Porte d'Ivry mit der Porte de Bercy verwechselt. Ich spüre Irènes stille Nervosität im Wagen. Sie schwebt in der Luft. Eine Nervosität, die sich an der kleinsten Verstimmung entzünden kann.

Wir wissen nicht mehr, wo wir sind, und Charlie bemerkt, dass die Angebote im Fenster von McDonald's vor uns auf Chinesisch geschrieben sind. Außerdem ist alles chinesisch geschrieben, auch das Dach des Lokals sieht aus wie ein Pagodendach. Plötzlich wimmelt es auf der Straße nur so von Menschen mit gelben und roten Plastiktüten in der Hand; fast alle haben die gleichen Tüten, und hinter dem Fenster von McDonald's liest ein Asiate mit Sonnenbrille Zeitung. Hinter den Bäumen werden die Gebäude von grünen und blauen Flächen durchbrochen, so weit das Auge reicht, bei Asia Trésor gibt es ganze Wandregale voller Tüten mit getrocknetem Krake; Schaufenster voller Zierdeckchen mit Blumenmuster und goldenem Spitzenbesatz; kilometerweit runde, seidig schimmernde Kuchen, garniert mit kandierten Pfirsichschnitzen und Kirschen; säckeweise weiße Nudeln wie Wollknäuel; Drachen aus Krepppapier hängen von der Decke über klapperndem Kupfergeschirr; eine alte Frau taucht ein in ein Meer aus glänzenden grünen, bauchigen Früchten in orangeroten Netzen – sie sehen aus wie Hintern in Netzstrümpfen. Die schmalen Rechtecke der vielen Fenster durchbohren den Himmel, Gebäude wie riesige Käsereiben. Auf einem Haus mit weiß gekachelter Fassade steht: »Die Vergangenheit ist geheimnisvoll, die Zukunft vorhersehbar.« Leute warten vor Restaurants, wo glasierte Enten an Haken ihre gespreizten Keulen und ihre schwarzen, breiten After darbieten. In der Menschenmenge steht ein Mann in gelber Daunenjacke, im Mund eine Zigarre, während sich ein Pakistani in Heiratstracht im Schaufenster eines Friseursalons von einem sinohawaiianischen Friseur die Nasenhaare entfernen lässt. Das ist ein Durcheinander aus Rolltreppen, gewellten Dächern, Bushaltestellen, Baustellen, Wohnsilos wie riesige Keksschachteln mit rot und orangerot schattierten Fensterbändern. Ich habe keine Ahnung, wo wir sind. Schließlich kommen wir auf einen großen Platz, wo eine heitere alte Chinesin auf einem Plakat an der Wand die Leute auffordert, ihr über Western Union Geld zu schicken, ein Türspion verzerrt ihre Pupille. Ein Schild zeigt an, dass wir an der Place d'Italie sind, die wir mehrmals umrunden, bevor Irène Charlie bittet anzuhalten.

Ich steige aus, um einen Stadtplan auf einer grau karierten Tafel zu konsultieren; ich sehe den roten Punkt mit der Aufschrift: »Sie sind hier«, den ich lange betrachte, bevor ich mir darüber klar werde, dass ich mich noch nie in meinem Leben so verloren gefühlt habe.

Schließlich finden wir den Boulevard Saint-Michel dann doch recht schnell. Irène hat Angst, sich zu verspäten, aber wir kommen gerade noch rechtzeitig an. Als wir die Tafel an der Nummer 185 des Boulevard Saint-Michel sehen: »Guillaume Privat, Mitglied der Anwaltskammer Paris«, spüre ich, wie Irène Panik bekommt. Ich frage sie, ob alles in Ordnung sei. Ja, sagt sie, das angstlösende Medikament wird ihr gute Dienste leisten: Sie hat ein Xanax genommen, um während des Treffens ruhig und konzentriert zu sein.

Ein gutes Stück weiter vorn auf dem Boulevard finden wir eine Parklücke vor dem Schaufenster eines Zeitschriftenladens; wir lesen auf einem Magazin die Schlagzeile mit einem Foto von Bernard Tapie: »Hintergründe der Staatsaneignung«. Ein paar Meter weiter, immer noch auf dem Boulevard, bewirbt ein Plakat an einer Litfaßsäule ein Theaterstück, *Oscar,* mit demselben Namen in der Titelrolle. Mitten in Paris gehen wir auf dem Gehsteig, wir drei Schwestern, und meine Lungen schwellen wie immer in den letzten Tagen des Jahres vor gespannter Aufregung an. Ich freue mich, dass ich hier bin, mit meinen Schwestern, frierend im eisigen Morgen der Hauptstadt. Ich denke, vielleicht wird Irènes Marotte, ihre verrückte Fantasie, uns einander näherbringen. Indem sie etwas anderes sein will als unsere Schwester, festigt sie zwischen uns das Band, das sich aufgelöst hat. Nachdem wir uns die ganze Kindheit über aneinander gerieben haben, wurde unsere Haut dick, unförmige Schwielen sind zwischen uns entstanden. Unsere Haut ist hart geworden, hat uns gegeneinander rau gemacht wie kranke Zungen. Aber heute ist es anders. Irène schließt die Augen und dreht sich vor der Nummer 185 um ihre eigene Achse. Sie schnauft. Ein paar Sekunden. Sie sagt, sie habe Angst. Sie wolle nicht allein hineingehen. Wir sollen mit ihr gehen.

Wir treten durch das Portal des Gebäudes, das von zwei Karyatiden mit Steinbrüsten überragt wird, in eine Eingangshalle aus grünem Marmor. Wir steigen eine Treppe hinauf, bespannt mit einem dicken Läufer – Irène will nicht den Aufzug nehmen. In der zweiten Etage empfängt uns eine Fußmatte vor der Kanzleitür mit der Aufschrift »Willkommen« in Frakturschrift. Wir klingeln.

Wir hatten uns vorgestellt, dass uns die Sekretärin öffnet.

Aber nun stehen wir einem etwa sechzigjährigen Mann mit gefärbten Haaren gegenüber. Stark gefärbt. Um den Hals hat er einen schmalen Schal geknotet.

Er wirkt erstaunt, so viele Leute vor der Tür zu sehen. Mit drei Schwestern hat er nicht gerechnet.

Der Mann fragt, zu wem wir wollten, er entschuldigt sich, die Sekretärin habe Urlaub, Weihnachten und so weiter. Irène haucht mit tonloser Stimme: »Zu Maître Privat.«

Der Mann bittet uns, ihm zu folgen, und während wir durch die Korridore gehen, sage ich mir, dass Irène Glück hat. Denn dieser Mann, den sie sicherlich kurz für ihren Vater gehalten hat, ist so geliftet, dass ihm die Haut am Hintern spannen muss, wenn er lächelt.

Was in den Korridoren dieser Kanzlei vorfallen sollte, hat mich in jenem Moment nicht schockiert. Erst später begriff ich den Grund für diesen kleinen Streich, dem wir nun beiwohnen.

Wir folgen noch immer dem Mann mit Schal brav durch die endlos scheinenden Flure.

Er klopft an eine Tür.

Ein Mann kommt heraus und sieht uns mit entsetzlich harten Augen an. Eine graue Strähne fällt ihm in die hohe Stirn und auf das Gestell seiner kleinen runden Brille. Er blickt uns alle drei an. Ohne Wohlwollen. »Folgen Sie mir«, sagt er und bringt uns in ein anderes Büro, ein weiteres Stück entfernt in einem anderen Flur, ohne sich auch nur einmal umzudrehen.

Als Erstes fällt mir auf den Regalen das Foto einer Frau mit drei kleinen Kindern auf. Eine Studioaufnahme vor schwarzem Hintergrund. Die Frau hat braunes Haar, schwere Lider, einen Mund mit – trotz ihres Alters – bereits aufgespritzten Lippen und strahlend weißen Zähnen. Die drei Kinder, zwischen fünf und zwölf Jahren, sind von verblüffender Hässlichkeit. Zu dünne Lippen, zu gewölbte Stirn, zu kleines Kinn. Ihr Blick ist wehleidig wie bei Leuten, die sich ständig über irgendetwas beklagen. Alle, Mutter wie Kinder, tragen gestreifte Kleidung wie Gefangene.

Ich sage mir: Irène hat recht, die Kinder in den Armen der braunhaarigen Frau sind ihre Geschwister. Also auch irgendwie unsere Geschwister. Das ist erschreckend. Ich will von dieser Familie nichts wissen.

Der Mann mit der Haarsträhne bietet uns Platz an und blickt uns in die Augen.

»Wer hat angerufen?«, fragt er.

Irène hebt schüchtern die Hand.

»Sind Sie Martines Tochter?«

Irène nickt wortlos, als hätte es ihr die Sprache verschlagen.

»Und wer sind Sie?«

»Wir sind Martines andere Töchter«, sage ich.

»Sind Sie die älteste?«, fragt er mich mit bohrendem Blick.

»Nein, die mittlere.«

»Ich bin die älteste«, sagt Irène in einem Atemzug.

Der Mann schiebt einen Aktenordner zurecht, der vor ihm liegt, und legt einen Bilderrahmen flach auf die Schreibtischplatte, damit wir das Foto darin nicht sehen können.

Dann holt er einen Brieföffner aus der Schublade und legt ihn auf den Schreibtisch. Er steht auf, stellt sich ans Fenster und sieht hinaus, als hätte er vergessen, dass wir hier sind. Als wäre er allein. Als würde er an jemanden denken, der jetzt nicht hier ist.

Wir hätten noch stundenlang so sitzen bleiben können, bis er zum nächsten Termin muss und uns hier in seinem Büro zurücklässt. Nach ein paar endlos wirkenden Minuten reißt der Mann seine Gedanken vom Fenster los. Er dreht sich um und schaut uns lange an. Dann geht er wieder zu seinem Schreibtisch zurück.

Er setzt sich Irène gegenüber auf die Kante, die Beine an den Knöcheln leicht übereinandergeschlagen. Der Mann und Irène sind sich unglaublich nahe. Unweigerlich suche ich in ihren Gesichtern eine Ähnlichkeit. Aber ich finde keine. Charlie und ich halten uns im Hintergrund. Der Mann nimmt den Brieföffner und spielt damit, lässt ihn zwischen seinen Fingern hindurchgleiten. Ganz sanft. Und konzentriert. Dann legt er ihn wieder hin.

»Wer hat um das Treffen mit mir gebeten?«

Irène hebt die Hand.

»Warum wollten Sie mich sehen?«

Irène antwortet nicht.

»Ich weiß sehr wohl, warum, aber ich möchte, dass du es mir sagst.«

Mit niedergeschlagenen Augen murmelt Irène Unverständliches.

»Ich bin nicht dein Vater«, sagt der Mann empört und lässt den Brieföffner wieder durch seine Finger gleiten.

»Ich bin nicht dein Vater. Als Martine mit dir schwanger war, hatte ich sie schon jahrelang nicht mehr getroffen. Also, du siehst, ich kann unmöglich dein Vater sein. Albert ist dein Vater. Er hat euch großgezogen. Er hat sich seit eurer Geburt tagtäglich um euch gekümmert. Er ist dein Vater. Albert hat dir laufen beigebracht, denken, Rad fahren, zählen. Weißt du, was du mit deinen Backfischfantasien kaputt machst? Hast du ernsthaft über das nachgedacht, was du gerade tust? Selbst wenn ich dein Vater wäre, was, wie ich noch einmal betone, unmöglich ist – was ist schon ein Spermium? Was ist das, verglichen mit Nächten voller Sorge? Verglichen mit all den Freuden? Den gemeinsam verbrachten Stunden? Und jetzt will ich dir etwas sagen, was dir ganz gewiss nicht gefallen wird, denn dass du nun hier bist, kann ja nur heißen, dass du deinem Vater etwas heimzahlen willst. Aber du bist Albert wie aus dem Gesicht geschnitten. Ich verstehe überhaupt nicht, wie du nach einem Blick in den Spiegel auch nur eine Sekunde daran zweifeln konntest. Außerdem bist du sehr schön. Auch deine Mutter war sehr schön. Mit deiner Mutter war ich lange vor meiner Frau zusammen. Wir waren sehr jung, Kinder noch. Deine Mutter ist für mich ihr Leben lang dieses Kind geblieben. Aber diese Liebe gehört uns, und sie geht keinen außer ihr und mir etwas an. Unser früheres Leben ist nicht Sache der Kinder. Also, schlag dir diesen Unsinn aus dem Kopf und geh nach Hause. Heute ist Silvester, du solltest bei deiner Familie sein, du hast hier nichts verloren. Habt ihr Kinder?«

»Ich habe zwei«, sagt Irène.

»Und ihr? Habt ihr Kinder?«, fragt er und blickt mich an, seine Augen lassen mir das Blut bis ins Mark gefrieren.

»Ich bin schwanger«, sage ich und senke den Blick auf meinen Bauch.

Charlies Antwort wartet er nicht ab. Wieder wendet er sich an Irène: »Geh nach Hause und kümmere dich um deine Kinder, kümmere dich um sie, so gut du kannst, liebe sie und gib ihnen, was sie brauchen, um jeden Tag weiterzukommen, und vor allem gib ihnen Waffen in die Hand, um gerecht zu sein! Das ist das Wichtigste im Leben. Gerecht sein. Dass dich deine Fantasie hierhergetrieben hat, ist ungerecht. Ungerecht deinem Vater gegenüber. Ungerecht deiner Mutter gegenüber. Frauen haben schon immer selbst entschieden, wer der Vater ihrer Kinder ist, sie tun es für sie, für ihre Nachkommen. Sie wählen den besten aus, den geeignetsten. Also darfst du dieses Gleichgewicht nicht stören. Soll ich dir erzählen, welchen Blödsinn ich mir jeden Tag hier anhören muss? Weißt du, wie schrecklich das ist? Und Vaterschaftstests sind ganz bestimmt die unseligste Errungenschaft unseres Jahrhunderts, sie werden die Harmonie auf der Welt nachhaltiger zerstören als die Erderwärmung. Als ich zur Anwaltskammer zugelassen wurde, hat mein Tutor mir eine Bibel geschenkt, er hat folgende Verse unterstrichen: »Denkt nicht, ich sei gekommen, um Frieden auf die Erde zu bringen. Ich bin nicht gekommen, um Frieden zu bringen, sondern das Schwert. Denn ich bin gekommen, um den Sohn mit seinem Vater zu entzweien und die Tochter mit ihrer Mutter und die Schwiegertochter mit ihrer Schwiegermutter; und die Hausgenossen eines Menschen werden seine Feinde sein.« So steht es im Matthäusevangelium geschrieben. Ich bitte dich also: Strafe ausnahmsweise die Bibel Lügen und sei denen dankbar, die dir das Leben geschenkt haben. Tritt die Liebe, die sie dir gegeben haben, nicht mit Füßen. Überleg dir gut, was du tust. Unterdrücke deine Neugier und vergiss sie. Neugier ist eine schädliche Sache, das kannst du mir glauben. Ich weiß, wovon ich rede. Geh nach Hause. Vergiss mich. Erzähl niemandem etwas davon. Sag, dass du dich geirrt hast und dich dafür entschuldigst. Was wolltest du bezwecken, indem du hierhergekommen bist? Was glaubst du? Hast du darüber nachgedacht? Denkst du, wir wären etwas anderes als Tiere? Geh nach Hause.

Und denk auf dem Heimweg an deinen Vater, der dich großgezogen hat, der dich Tag für Tag geliebt hat, und dann wirst du wissen, wie schwer es ist, seine Kinder zu lieben. Frag dich, was er sich wünscht. Denk dir etwas aus, was ihm Freude macht, und schenk es ihm. Sag ihm, dass du ihn liebst. Nimm ihn in den Arm, bedanke dich bei ihm für all das, was er euch, dir und deinen Schwestern, gegeben hat. Bitte ihn um Entschuldigung für die Tage, die du ihm wehgetan hast, und schweige. Nutze diesen Moment. Nutze diese Augenblicke, denn sie verfliegen schnell. Denk auch öfter mal an deine Mutter. Achte ihr Andenken, erweise dich ihrer als würdig. Geh nach Hause. Feiere das neue Jahr mit deinen Kindern. Nutze diese Augenblicke und vergiss all diese Geschichten. Glaub mir.«

Der Mann mit der Haarsträhne war verstummt.

Er betrachtete noch eine Weile seinen Brieföffner, und wir betrachteten ihn.

Dann stand er auf. Ganz langsam ging er zur Tür und bedeutete uns damit, dass das Treffen zu Ende sei und wir sein Büro verlassen sollten. Irène stand als Letzte auf; sie starrte ins Leere, als würde sie noch immer den Worten des Anwalts lauschen. Ich habe sie noch nie in einem solch aufgelösten Zustand erlebt, meine große Schwester, die sich ihrer selbst immer so sicher ist und in allen Lebenslagen weiß, was sie jemandem mit offenem Blick, und ohne mit der Wimper zu zucken, sagen muss. Aber nun wankt sie, taumelt zur Tür und geht ohne ein Wort hinaus.

Mit unseren zitternden Beinen wird das Labyrinth aus grauem Teppichboden zu einer schwierigen Herausforderung. Die abstrakten Bilder an den Wänden, wie rot gefleckte Asche, helfen uns nicht bei der Orientierung, so sehr ähneln sie sich. Niemand ist hier, der uns führt, und wir haben wirklich Mühe, den Ausgang zu finden.

Charlie sagt, sie müsse auf die Toilette. »Nicht hier«, sagt Irène. »Wir müssen hier raus. Das Xanax – ich spüre meine Arme nicht mehr.« Aber Charlie kann nicht warten.

Stille um uns herum, die vielen Büros wirken menschenleer. Charlie öffnet eine Tür, aber: »Nein, das ist der Kopierraum, nicht die Toilette.«

Auch ich öffne eine Tür, die Tür direkt vor mir, damit wir hier fertig werden und endlich gehen können.

Hinter der Tür, die ich gerade aufgemacht habe, steht ein großer Schreibtisch. Ein sehr viel breiterer und üppiger geschmückter Schreibtisch als der, an dem uns der Mann mit der Haarsträhne empfangen hat.

Auf dem braun-grünen Gobelin an der rückwärtigen Wand sind Pfauen in einem hellen Wald dargestellt. Auf dem großen Tisch aus dunklem Holz steht und liegt ein Wirrwarr aus Krempel und Akten. Die Büste einer indischen Göttin, eine Sammlung Brieföffner, leere Kaffeetassen, halb volle Aschenbecher, ein alter Tintenlöscher, ein Stapel pastellfarbener Aktenhefter, auf dem ein japanischer Lampenschirm steht, ledergebundene Kladden, eine Zigarrenschachtel. Hinter dem Schreibtisch prangt ein imposanter Stuhl, der mit tabakbraunem Samt bezogen ist. Auf dem Regal neben dem Gobelin entdecke ich unter einer Sammlung afrikanischer Büsten ein gerahmtes Foto von dem Mann mit der Haarsträhne. Ich erkenne ihn wieder an seinen schmalen Schultern, der runden Brille und eben seiner grauen Strähne, die ihm in die Stirn fällt. Er posiert mit dem Präsidenten der Republik in einem Salon mit gelben Vorhängen vor hohen Fenstern mit goldgeschnitzten Rahmen.

Unter diesem sehr prunkvollen Bilderrahmen stehen kleinere. Familienfotos. Und immer mit dem Mann mit der Haarsträhne.

Gruppenfotos vor Landhäusern. Urlaubsbilder am Meer, auf Booten, in Parks. Porträts einer glücklichen, klugen Frau. Nette Bilder von einem kleinen Lausbuben, der auch auf anderen Fotos zu sehen ist, als er bereits ein schlaksiger Jugendlicher mit langen Haaren ist. Fotos vom Sonnenuntergang in der Wüste. Fotos von Medaillenverleihungen. Hochzeitsfotos, Babyfotos. Fotos von Cocktailpartys mit Blitzlicht, in Abendkleid und Dreiteiler. Fotos der Vorfahren in Schwarz-Weiß. Und mitten in diesem Wald aus Bildern habe ich es sofort entdeckt.

Das Foto von mir als geschminktem kleinen Mädchen.

Mein Schmetterlingsgesicht.

Das Foto, das in der Schule verschwunden ist. Das jemand vor uns gekauft hat.

Ich bin es, ich erkenne meine roten Haare und die Augen, die sich nicht verändert haben. Ich weiß, dass das mein Bild ist, ich bin dieses Mädchen, das da inmitten dieser Familienfotos steht. Und dieses Mädchen tut mir leid mit seinem nach innen gerichteten Blick. Unter seiner Totenmaske scheint es zu sagen: »Sieh her, ich sterbe, und ich bin du.« Dass meine Mutter ihrem Geliebten das Bild ihrer kleinen Tochter geschickt hat, trifft mich hart, trifft mich lähmend nach all den Jahren, wie die Lichtstrahlen eines Sterns, die zu uns gelangen, lange nachdem er verloschen ist.

Ich schließe die Tür wieder und sage zu meinen Schwestern: »Nein, das ist auch ein Büro«, während ich spüre, wie mein Zahnfleisch vor Schock und Angst anschwillt.

Dienstag, 6. August 2010

Ich habe nie jemandem etwas gesagt, nie über das gesprochen, was ich sah, als ich an jenem Tag diese Bürotür öffnete, und im Wagen, der uns zurück nach Reims brachte, schwieg ich die ganze Fahrt über.

In den Jahren darauf dachte ich öfter an die Geschichte mit dem Foto zurück. Manchmal stand mir ganz unerwartet das Bild des Anwalts neben dem Präsidenten wieder vor Augen. Doch an seinen Namen und an sein Gesicht konnte ich mich nicht mehr richtig entsinnen, und während ich mich im Spiegel betrachtete, versuchte ich mich zu erinnern, was in diesem meinem Gesicht von ihm sein könnte und welcher Spritzer von ihm diese Linien gezogen hatte.

Manchmal war ich besessen vom Gedanken, ihn wiederzusehen, nicht um mit ihm zu reden, nicht um eine Beziehung aufzubauen, sondern um nicht mehr an ihn denken zu müssen. Ich wollte ihn nur ein einziges Mal wiedersehen, sein Gesicht wiedersehen, damit es nicht das Gesicht eines Mannes ist, der mir im Zug gegenübersitzt, oder das Gesicht des Mannes, der am Lenkrad seines Wagens eine Zigarette raucht, oder auch das Gesicht irgendeines Mannes, der über die Straße geht, ohne mich zu beachten.

Ich wollte nicht mehr, dass diese tausend Gesichter mit ihm verschmelzen.

Aber den Brief, in dem ich ihm all das erklären wollte, schrieb ich nicht. Ich schrieb ihn nicht, weil ich nicht wusste, wie ich beginnen sollte. Ich konnte ja nicht schreiben: »Sehr geehrter Herr«, und »Lieber Vater« noch weniger, also ließ ich es sein, weil mir keine Anrede einfiel, mit der ich den Brief hätte einleiten können. Und heute, gerade am Tag seiner Beisetzung, ist mir klar, dass dieser Mann, der mich gezeugt hat, aufgrund einer simplen Lücke im Vokabular *nichts* für mich ist. Er ist nichts, weil es keine Bezeichnung für ihn gibt.

Nach der Beerdigung werde ich Charlie bei Anthony treffen, bei dem sie eingezogen ist, als sie auf dem Flughafen Orly anfing zu arbeiten. Ich glaube, sie ist glücklich hier. Ich werde ihr nicht sagen, warum ich hier bin.

Während ich den Weg auf dem Friedhof inmitten der Flut trauernder Menschen entlanggehe, sage ich mir, ich könnte genauso gut auf der falschen Trauerfeier sein, ohne es zu merken. Ich kenne hier keinen einzigen Menschen, woher sollte ich es also wissen.

Neben dem ausgehobenen Grab, in das man bald den Sarg senken wird, muss auch der Sohn des Anwalts sein. Ich werde ihn hier zum ersten Mal treffen, wir haben ein paarmal telefoniert und ein paar Worte gewechselt, er klang irritierend naiv, ich war lakonisch. Ich hoffe, er sieht mir nicht ähnlich.

Beim ersten Mal erzählte er mir, wie er vor Jahren versuchte, mich zu treffen, aber über diesen Versuch schämt er sich heute. Er sagte mir, dass ihn das Foto dieses kleinen geschminkten Mädchens im Büro seines Vaters schon immer verwirrt hätte. Dann kam bei der Scheidung seiner Eltern eine Ehebruchsgeschichte ans Licht – und dass es ein uneheliches Kind gibt, dessen Existenz man ihm verheimlicht hat. Dann sagte er, sein Vater sei sehr krank, er habe sich aufgegeben, habe jeden Kampf gegen die Krankheit aufgegeben. Und er habe in einem Augenblick geistiger Umnachtung, die von bestimmten Medikamenten hervorgerufen wurde, immer wieder etwas von seinem kleinen Schmetterling gesagt; seine Worte seien ziemlich wirr gewesen, aber er habe daraus geschlossen, dass sein Vater unter Schuldgefühlen litt. Dieser unschuldige Junge glaubte in einem Anfall charmanter Dummheit, eine Versöhnung am Bett des Büßers könnte zu dessen Genesung beitragen.

Ich log. Ich sagte, ich würde kommen. Ich habe

ihm einen Termin genannt, ihn verschoben, wieder verschoben, und dann war es zu spät. Zuvor jedoch hatte ich ihn wohlweislich gebeten, mir mein Kinderfoto zukommen zu lassen, das Faschingsbild, das meine Mutter heimlich gekauft und ihrem Geliebten geschickt hatte. Und ich hatte hinzugefügt, dass ich zusammen mit meinem Bild auch gern ein Bild seines Vaters hätte.

Am Ende des Gesprächs verriet mir mein Bruder – wenn man ihn so nennen will – seinen Vornamen. Und plötzlich tauchte aus den Tiefen meiner Erinnerung das Bild von Charlies Freund auf, der denselben antiquierten Vornamen mit dem mythischen Anklang trug. Ich sah ganz deutlich wieder Salomons Mund vor mir, den feinen Flaum auf seiner aufgeworfenen Oberlippe, diesen roten Mund in einem so vollkommen hellhäutigen Gesicht, dass die Pigmentflecke seinen Teint noch betonten. Dabei habe ich seit zehn Jahren nicht mehr an diesen Jungen gedacht. Ich frage mich, was aus ihm geworden ist. Wenn mich meine Erinnerung nicht trügt, wollte er Fotograf werden, und ich vermute, dass Charlie noch lange von ihm träumte.

Vor ein paar Tagen nun bekam ich das Päckchen mit den beiden Fotos. Das Bild des Anwalts ist ein Farbfoto, ein Studioporträt vor einem Regal mit ledergebundenen Büchern. Er ist um die dreißig, er neigt den Kopf, als würde seine Haarsträhne ihn auf einer Seite hinunterziehen, und lächelt der Nachwelt zu.

Ich habe das Foto des Anwalts in meiner Wohnung aufgehängt, zu den vielen Bildern unserer Ferien in Carantec mit Irène und Charlie, den Jugendbildern meiner Mutter, zum Beispiel das ihrer Erstkommunion, zu Fotos von Papa und Catherine, Stéphane, von unserer Hochzeit und zu den Bildern meiner beiden Söhne Robin und Martial zusammen mit ihren Cousins und Cousinen im Garten von Épernay.

Aber bevor ich es angepinnt habe, habe ich mit einem dicken Filzstift sein Gesicht mit einem großen schwarzen Schmetterling vollgeschmiert. Es ist völlig unkenntlich, keiner kann je wissen, kann je gar erahnen, wer sich hinter dem Schmetterling auf dem Foto verbirgt. Selbst ich habe es vergessen.